Rudolf Pfleiderer

Pius IX

Ein zeitgeschichtliches Lebensbild

Rudolf Pfleiderer

Pius IX

Ein zeitgeschichtliches Lebensbild

ISBN/EAN: 9783743310544

Hergestellt in Europa, USA, Kanada, Australien, Japan

Cover: Foto ©Raphael Reischuk / pixelio.de

Rudolf Pfleiderer

Pius IX

Inhalt.

		Seite
1. Offizier und Cavalier. 1792—1817		1
2. Priester und Prälat. 1817—1846		8
3. Papst und Liberaler 1846—1850.		20
Conclave. Wahl		20
Erste Regierungsjahre		33
4. Reactionär und Unfehlbarer.		52
Aeußere Geschichte des Kirchenstaates		52
Innerkirchliche Wirksamkeit.		56
a) 1850—1854		59
b) 1855—1870		65
c) 1870—1878		73

1. Cavalier und Offizier.
1792—1816.

In der östlichen Romagna, am abriatischen Meer, nicht weit oberhalb Ancona, liegt Sinigaglia, das alte Sena gallica, eine nicht unbedeutende Handelsstadt von jetzt 11,000 Einwohnern, deren größte Merkwürdigkeit darin besteht, zwei diametral verschiedenen Berühmtheiten das Leben gegeben zu haben. Die eine ist die Sängerin Catalani, geboren dort 1784. Die andere ist der Graf Giovanni Maria Mastaï-Ferretti, späterer Papst Pius IX., geboren dort am 13. Mai 1792. Seine Eltern waren der Graf Hieronymus und die Gräfin Katharina, geborene Solazzi; sein Haus alt, wohlhabend, angesehen, von hochpatriotischer Tradition; die Vorfahren meist Gonfalonieren der alten Handelsstadt; er selbst der jüngste von vier Brüdern, deren zwei sich in leidenschaftlichem Patriotismus dem Geheimbund der Carbonari angeschlossen haben sollen; vier Töchter endlich vollendeten die Zahl der acht Kinder.

Uebereinstimmend wird bezeugt, daß die Mutter, eine schwärmerisch fromme Frau, nicht nur ihrem Jüngsten den Zunamen Maria gegeben, um ihn lebenslang unter den Schutz der Mutter Gottes zu stellen — welche Idee später so wichtig für seine Gedanken und seinen Entschluß geworden ist, die immaculata conceptio zu dogmatisiren — sondern, daß dieselbe auch auf seine jugendliche Entwicklung einen vorwiegenden Einfluß geübt habe, wie dies ja bei so vielen historischen Persönlichkeiten gerade von Seiten der Mutter beobachtet werden kann. Im Zusammenhang mit dieser gewiß richtigen Annahme erscheint seine früheste Jugend bereits mit einem frommen Sagenkreise umsponnen. Das kaum siebenjährige Kind betet bereits selbstthätig für den Papst. Im Jahre 1799 kommt die Nachricht von Pius VI. Gefangenschaft. Da weint der kleine Maria, will zuerst für den Untergang der Feinde des heiligen Stuhles beten, aber, infolge der Frage seiner Mutter, was der Heiland am Kreuze gethan, fällt er auf die Kniee und bittet auch für Jener Begnadigung.[1])

So viel ist sicher, daß der Grund einer tiefen Religiosität gerade durch diese edle Mutter in das Herz des Kindes gelegt ward, daß sie gerne von Anfang an einen Priester aus ihm gemacht hätte, während der patriotische Ehrgeiz des Vaters ihn zum Soldaten bestimmte. Beide aber waren darin einig, daß seine Ausbildung nicht im jesuitischen Geist geschehen dürfe. So wurde er mit zehn Jahren (1802) dem Collegium der Piaristen zu Volterra übergeben, in welchem Lehr=Orden die, damals vertriebenen, aber nicht vernichteten Jesuiten ihren verhaßtesten Nebenbuhler auf dem Gebiet der Jugenderziehung hatten, um so mehr, als dessen Gymnasien hohes Ansehen in Italien genossen.

---

1) So der neueste (freilich vorwiegend panegyrische) Biograph Abbé Gillet, Pie IX., sa vie etc. Münster, 1877. S. 6. 7. f.

Sechs Jahre war der Knabe in dieser Bildungsanstalt, der einzigen, die er genossen — eine verhältnißmäßig kurze Zeit, um, wie berichtet wird, moderne und alte Sprachen, Geschichte, Philosophie und Religion zu betreiben! Die Lehrer rühmten an ihm weniger hervorragende Geistesgaben, als unermüdlichen Fleiß und reine, liebenswürdige Sitten.

Aber eine schlimme Mitgabe seines künftigen Lebens hatte sich während dieser Zeit bei ihm eingestellt und größere Dimensionen angenommen, zuerst verhängnißvoll erscheinend, später der Anlaß zur Durchkreuzung seiner bisherigen Lebenspläne, zur Erfüllung der alten Wünsche seiner Mutter: die Epilepsie. Die erste Entstehung dieser schweren Krankheit wird einem Schreck, den er in zarter Kindheit durch den Sturz in einen Weiher erlebte, zugeschrieben. In Volterra aber war es erst, wo sie recht ausbrach und immer häufiger und stärker, je mehr er in die Jünglingsjahre hineinwuchs.[1]) Da war denn keines Bleibens mehr; Studium und geistige Anstrengung verboten sich von selbst; noch setzte es die Mutter vor seinem Austritt durch, daß er — ob gern oder ungern, wissen wir nicht — vom dortigen Erzbischof 1809 die erste Tonsur empfing und so kehrte er denn heim in den alten väterlichen Palast, um dort die nächsten Jahre zuzubringen.

Von aller Arbeit dispensirt, sollte er nur seiner Genesung leben, jagen, reiten, spielen. Er war trotz seines Leidens eine ächt aristokratische, äußerst anmuthige Erscheinung geworden: schön, schlank, von milden Zügen, freundlichem Auge, feinen, gewinnenden Manieren, gewandt

---

1) Gillet a. a. O., S. 12 f. 8 f.

und fertig in allen Leibesübungen, wodurch seine Kräfte wieder gehoben, sein Leiden gebessert wurde. Was Wunders, wenn er denn mit seinen 17 Jahren, ohne augenblicklichen Beruf und ungewisser Zukunft, wie er war, auch ganz das freie und heitere, glänzende Leben eines damaligen Weltmannes und abeligen Cavaliers führte. Denn die „erste Tonsur", von der wir oben gehört, bildete nicht das mindeste Hinderniß für solche freie Bewegung, da sie nur erst eine Form der allerersten Aspiranz auf geistliche Würden bedeutete. Und auch diese wurde dem Jüngling in der Folge durch eigenen Drang und die alten Pläne des Vaters in Frage gestellt.

Anfangs Mai 1814 nach Aufhebung des Concordats mit Napoleon I., das die Freiheiten der gallicanischen Kirche wiederherzustellen versucht hatte, kam Pius VII. auf dem Weg nach Rom durch Sinigaglia. Man weiß nicht, geschah es durch Vermittlung der Gräfin-Mutter, oder aus des jungen Mastaï eigenem Antrieb, jedenfalls mit Wissen seines Vaters, daß er sich dem Gefolge des restituirten Papstes anschloß und am 24. Mai 1814 mit ihm in die ewige Stadt einzog, welche den lange verbannten Pontifex jubelnd begrüßte. Gewiß ein merkwürdiges Zusammentreffen, eine seltsame Prophetie des Geschicks: der alte Papst führt den jungen, den fremden, von allem Andern, als von solcher Zukunft träumenden Jüngling in die Stadt seiner künftigen Triumphe!

In der That hatte unser junger Mastaï auch zunächst ganz andere, als geistliche Neigungen und Absichten. Die Mutter zwar hatte ihn dem würdigen Oheim, Paulinus di Mastaï, Kanonicus bei St. Peter, anempfohlen, welcher ihn auch in sein Haus aufnahm und ihn veranlaßte, soweit es seine bedeutend gebesserte Gesundheit gestattete, im Collegio

Romano, im Seminar St. Apollinar, in der Academie auf der Piazza Minerva verschiedene Lectionen zu besuchen und in Philosophie und Theologie, im canonischen Recht und in der Diplomatie sich neuer Studien zu befleißigen. Doch hier schon zeigte sich sein, weniger auf doktrinäre Gelehrsamkeit, als auf die Praxis, auf das Wirken, und zwar das hilfreiche Wirken gerichtetes Naturell, ein ihm selbst noch unbewußter, tieferer und ächt religiöser Zug seines Charakters. Denn was that der 22jährige Jüngling in seinen Freistunden?

Ein edler Menschenfreund und Bürger Roms, Giovanni Borgi, hatte damals in Rom ein kleines Waisenhaus gegründet, welches das dankbare Volk nur die Anstalt des Papa Giovanni, in seinem Dialekt des „Tata Giovanni" oder kurz „Tatagiovanni" nannte. Hier verbrachte Maria Mastaï seine Musestunden, dem Spiel, der Belehrung und Beschäftigung der Waisenkinder gewidmet, in instinktivem Wohlthätigkeitsdrang, ein kindlicher junger Mensch voll Idealen unter den Kindern der Armen.

Aber der weltliche Sinn war damit in ihm nicht ertödtet; der Zweifel, ob irdischer oder himmlischer Beruf sein Loos sei, nicht gelöst. Im Gegentheil behielt ersterer die Oberhand. Als Pius VII. die päpstliche adelige Garde wiederherstellte, meldete auch er sich daselbst zum Offizier und trat in die Leibgarde ein. Der Kommandant, Fürst Barberini, von seiner schwächlichen Constitution verständigt, widersetzte sich dem Eintritt. Aber Pius selbst verwandte sich und die Inscription geschah. Es war im Jahre 1816. Nochmals zählte die hohe Gesellschaft, zählten die glänzenden Kreise Roms den, durch die ritterliche Grazie seiner Erscheinung auch von der Damenwelt hochgefeierten jungen Grafen zu den Ihrigen.

Da schien die göttliche Fügung selbst durch einen mächtigen Eingriff in sein Leben dem schwankenden Jüngling den rechten Weg weisen zu wollen. Er hatte, während er auf günstige Umstände für sein militärisches Avancement wartete, der alten Vorliebe für die Waisenkinder in Tatagiovanni nicht entsagt. Eines Abends, so erzählt Abbé Gillet [1]), fuhr der Cardinal Fontana daselbst eilig vor und indem er erzählte, daß er an der nächsten Straßenbiegung einen jungen Menschen im Krampf habe soeben liegen gesehen, rief er den Concierge und einige andere Diener, ihm dahin zu folgen. Und wen fanden sie? Den treuen Freund der Anstalt, Giovanni Mastai! Beim abendlichen Gange zu seinen Lieblingen hatte ihn der wiederkehrende Anfall auf offener Straße überrascht. Seit Jahren war ein solcher in solcher Vehemenz nicht erfolgt. Das glänzende Leben, das er als angehender Offizier wieder zu führen begonnen, mochte nicht ohne Schuld an diesem Ereigniß sein. Das war ein Blitzschlag. Fürst Barberini hatte Recht behalten. Der Jüngling mußte austreten. Zwei Tage nachher war er aus Rom verschwunden und man hatte lange keine Kunde mehr von ihm.

So endete Pius' IX. weltliche Laufbahn. Daß das Geschehene nicht ohne den tiefsten Eindruck auf sein Inneres blieb, ist natürlich. Zu Hause nahm ihn die fromme Mutter wieder an ihr Herz, überzeugt, daß der Himmel selbst für ihre Wünsche entschieden habe. Unter ihrem Einfluß mag es

---

[1]) Gillet, a. a. O. S. 25 f.

geschehen sein, daß der tief unglückliche 24jährige Jüngling nach Loretto zur Mutter Gottes pilgerte, allwo er sich der Kirche gelobt und hierauf die höhere Zusicherung der Heilung für sein Leiden gefunden haben soll. Wir werden eine andere Lesart über die Vermittlung seiner Heilung später hören. Genug, daß er plötzlich völlig umgewendet und für den geistlichen Beruf entschieden war. Denn wenn dies schon psychologisch bei seinem schwärmerischen Naturell, bei der tief religiösen Einwirkung seiner Mutter wohl denkbar ist, so kommt hiezu die Thatsache, daß ihm unter den obwaltenden Umständen einfach ein Drittes nicht übrig blieb. So erhielt er denn am 5. Januar 1817 durch den Cardinal Genga, späteren Leo XII., die unterste Stufe der Weihen, die vier niederen Grade, worauf er nach kurzem Abschied in der Heimat sich abermals der geistlichen Metropole zuwandte, klar und fest entschlossen, sein Leben von nun an mit aller Inbrunst eines glaubens= eifrigen Herzens einzig der heiligen Religion und dem kirchlichen Priesterberuf zu widmen.

2. Priester und Prälat.
1817—1846.

Hatte, wie wir gesehen, den jungen Edelmann und Offizier die Noth zum Geistlichen gemacht, so machte der neue Kleriker seinerseits aus der Noth eine Tugend und warf sich mit all der Glut und leidenschaftlichen Energie, deren sein Naturell für etwas, das er einmal erfaßt hatte, fähig war, auf die Aufgabe seines neuen Lebensberufs. Er erkannte vor Allem, daß er noch Viel zu lernen habe, und war entschlossen, das Versäumte zu allererst mit Aufgebot aller Kräfte nachzuholen. Aber auch Pius VII., der ihm seit jenem schrecklichen Abend, seit seinem Bruch mit der beabsichtigten weltlichen Carrière, noch mehr als zuvor ein wohlwollender Freund geworden war, verstand es mit scharfem Blick, ihn nunmehr sofort an den rechten Platz zu stellen, wo er nicht nur seinen weiteren Studien obliegen konnte, sondern auch reiche Gelegenheit fand, der edelsten und ausgeprägtesten Neigung seines Innern zu leben, jenem Drang, welchen man als den **eigentlichen Brennpunkt seines ganzen Charakters** und den Quellpunkt seines Wirkens und Handelns durch sein ganzes Leben, ins=

besondere, wie wir sehen werden, auch im Anfang seines
späteren Pontificats betrachten darf, nämlich: der Idee der
Menschenbeglückung, der Rettung seiner Mitbrüder,
besonders der Armen und Verlassenen unter denselben, der
Rettung und Beglückung aber natürlich in seinem
streng kirchlichen Sinn. Diese Idee, dieser Drang aber
beruhte auf dem Gefühl, als der Hauptstärke seines Naturells,
auf dem schwärmerischen erregbaren Grundzug seines Wesens,
welchem ohnedem eine liebevolle und liebenswürdige Milde
von Natur innewohnte. Aus demselben aber erwuchs dann
jene reine Uneigennützigkeit, edle Selbstverleugnung und zähe
Hingebung, welche man noch heute als große Charakterzüge
an Pius IX. anzuerkennen hat, sowie auch damit der so
häufige jähe Umschlag seiner natürlichen Milde in leiden=
schaftliche Heftigkeit und unbeugsame Strenge, da wo er sich,
als ächter Gefühlsmensch, in der Realisirung seiner Ideen
und Zwecke gehemmt glaubte, aufs engste zusammenhängt
und wol zusammenzudenken ist.

Und da war nun jene Anstalt Tatagiovanni, wo der
junge Mastaï eben schon als Soldat seine thätig=menschen=
freundliche Gesinnung geoffenbart hatte. Dorthin versetzte
ihn Pius nunmehr zu bleibendem Wirken als Subdirektor
der Anstalt (1817). Ungehindert von dem würdigen alten
ersten Direktor war der junge Abbé der eigentliche Leiter
des Ganzen, entwickelte sofort eine rege Thätigkeit, schuf
heilsame Reformen, welche sich bis auf den Lektionsplan
herab erstreckten und erwarb sich im höchsten, seltensten
Grade die Zuneigung seiner Pflegebefohlenen=Schaar, sowie
die Achtung seiner Vorgesetzten. Nebenbei versäumte er seine
eigene Fortbildung nicht; nicht eine theologisch=gelehrte,

welche, wie bemerkt, weniger seiner Natur entsprach, wie er denn auch unter die gelehrten Päpste nicht zu zählen ist, sondern eine praktische und persönliche. Zunächst, bei der Erziehung der ihm anvertrauten Jünglinge, erzog er sich selbst. Aber er hatte auch freie Zeit, viel freie Zeit. Denn das stille kleine Haus in der Tibergegend an der via dei Falegnami (der Zimmerleute) bei St. Carlo ai Catinari, war und ist heute noch ein Asyl für verwaiste Handwerks= lehrlinge, welche hier, von ihren Werkstätten heimkehrend, Abendunterricht und sodann Nachtlager nebst Abend= und Morgenbrot erhalten. Den Tag über konnte also der junge Abbé die Lektionen des berühmten Graziosi, Lehrers an S. Appollinare und an der Propaganda profitiren. Nach „brillantem Examen"[1]) empfing er 1818 die Weihe zum Subdiakonat, bald im März 1819 das Diakonat, endlich am 10. April 1819 die eigentliche Priesterweihe — welche drei zusammen „Die höheren Grade" ausmachen — von der Hand des Erzbischofs Caprano in der Hauskapelle des alten Palazzo Doria am Corso. Und ebenfalls ein verborgenes Kirchlein, nicht einmal S. Carlo, wählte er dann kurz darauf am Ostersonntag 1819 zu seiner Primiz, deren fünfzig=jährigem Gedächtniß das Fest im Jahr 1869 geweiht worden ist. Es war das nächste und darum das Hauskirchlein der Anstalt, St. Anna dei Falegnami, und ein schöner Zug der Bescheidenheit und Pietät drückt sich in dieser Wahl aus.

Noch bis 1823 bekleidete er dann weiter seinen Anstalts= posten. Es war ein stilles, beschauliches Leben, dem Studium

---

1) So Gillet a. a. O., S. 29.

und dem freundschaftlichen Umgang mit dem jungen Prinzen Obescalchi, späterem Cardinal, sowie mit seinem Oheim Paulin bei St. Peter geweiht, das auch seinem Körper sehr zu Gute kam und sein Leiden nahezu verschwinden machte. Es war eine kleine, bescheidene Wirksamkeit, und doch lenkte sie die Augen des Papstes und des höheren Klerus immer mehr auf den fähigen, der Kirche tief ergebenen, kaum 30 jährigen Priester. Einige Berichte erzählen, daß er auch nebenbei in St. Carlo gepredigt und einer der beliebtesten und gefeiertsten Kanzelredner gewesen sei.[1]) Sei dem, wie ihm wolle, gewiß ist, daß eines Abends Obescalchi in das kleine Hospiz trat, den Subdirektor zu benachrichtigen, daß der heilige Vater ihn zum Attaché einer Gesandtschaft bestimmt habe, welche unter Anführung des Monsignore Muzzi nach Chile abgehen sollte, um Wirren des h. Stuhles mit jenem Freistaat beizulegen. Dies war im Juni 1823.

Der Abschied von seinem bisherigen stillen Wirkungsfeld und seinen Zöglingen war schwer und thränenreich. Auch seine Familie, seine beiden noch lebenden Eltern waren trostlos über die weite, gefahrvolle Reise. Für ihn aber sollte es das größte Glück sein und der bedeutsamste Wendepunkt in seiner kirchlichen Laufbahn werden.

Wir können uns hier bei der langen und gefahrvollen Seereise auf der „Heloise", bei den reichen, mannigfaltigen Anschauungen von Land und Leuten, die Mastaï, der hier zum ersten= und auch letztenmal in seinem Leben über die Grenzen von Mittel= und Unteritalien hinauskam, dabei ge-

---

1) Schmidt=Weißenfels, Pius IX. 1877. S. 14. Gillet thut dessen keine Erwähnung.

wann, nicht aufhalten, noch auf die Verhandlungen der Ge=
sandtschaft während ihres einjährigen Aufenthalts in Santjago
näher eingehen, obwol gerade hierüber ein ebenso ausführ=
licher als zuverläſſiger Quellbericht von der Hand des
zweiten Attaché, des Abbate Sallusti vorhanden ist.[1])
Man liest dort von Seeräubern, von schrecklichen Stürmen
am Aequator, von der zweimonatlichen Landreise der drei
geistlichen Herren aus Buenos=Ayres durch die Pampas
über Mendoza unter steter Indianerfurcht nach der Haupt=
stadt; und diese ganze Hinreise allein nahm damals fünf
Monate in Anspruch. Zweierlei aber dürfen wir nicht ver=
säumen, hervorzuheben. Erstlich: der spätere Papst verdankte
dieser Seereise seine völlige Heilung von der Epilepsie,
wenn diese nicht, wie andere Berichte lauten[2]), schon durch
die Stille von Tatagiovanni ganz gebrochen und verscheucht
war. Sodann: die Aufgabe der Gesandtschaft war die Ver=
mittlung zwischen den katholischen Interessen und den Frei=
heitsbestrebungen und Unabhängigkeitstendenzen
der jungen Republik. Indem die milde und hochherzige,
gewinnende Art des jungen Mastaï wesentlich zur Erreichung
dieses Mittlerwerks und zu einer im Ganzen nicht un=
befriedigenden Lösung der Gegensätze beitrug, finden wir ihn
hier schon auf einem Weg, den er später vor der
ganzen Welt betreten, und erkennen hier schon zur
Würdigung des Nachfolgenden sein innerstes Wesen, eben
weil es dem Idealen, der Menschenbeglückung, zugewendet
war, als human genug, um gegebenen Falles auch

---

1) Giuseppe Sallusti, La missione apostolica in Chile
etc. Roma 1827.
2) So Gillet a. a. O.

liberal zu sein, aber dies eben nur bis zu einem gewissen Grade.

Im Juni 1825 gelangte die Mission von Valparaiso über Cap Horn, ausschließlich zur See, nach Genua zurück, von wo sie ausgesegelt war und verfügte sich von da nach Rom, wo indessen Leo XII. (Genga) den päpstlichen Stuhl bestiegen hatte. Dieser empfing sie sehr gnädig und dem jungen Mastaï ward, eingedenk seiner früher und jetzt erwiesenen kirchlichen Treue und erfolgreichen Wirksamkeit, zunächst die Direktion des Hospitals des h. Michael (Ospizio di S. Michele), welches durch seinen colossalen Gebäudecomplex an der Ripa grande entlang jetzt noch die Aufmerksamkeit der Besucher Roms auf sich zieht; und bald folgte diesem Avancement die glänzende Beförderung zum Erzbischof von Spoleto.

Am 21. Mai 1827, mit 35 Jahren, war der kaum 10 Jahre im Kirchendienst gestandene junge Graf ein Monsignore und Archiepiskopus, fürwahr eine seltene Carrière!

Dennoch verließ der so hoch Erhobene ungern sein Hospiz, seine pflegebefohlene Herde von Kindern und Alten, von kleinen und großen Unglücklichen. Und ungern auch verließ er die Stadt des Papstes, Rom. Spoleto liegt an der jetzigen Linie Rom-Florenz, zwischen Terni und Foligno, eine kleine Stadt von 10,000 Einwohnern, aber malerisch auf einem Hügel thronend, dem Kunstfreund durch einige herrliche Fresken von Filippo Lippi und Lo Spagna bekannt.

Die Bischofsweihe fand noch in Rom Statt, in dem, durch Michelangelo's Moses bekannten Kirchlein S. Pietro in Vinculis nicht weit vom Colosseum, welches wir denn im letzten Jahre beim Feste der 50jährigen Bischofsweihe des Papstes zum Hauptzeugen der ihm dargebrachten Huldigungen werden sahen.

In Spoleto selbst aber fand der Neueingetretene, infolge der energielosen Verwaltung seiner Vorgänger, genug zu thun in socialer und religiöser Hinsicht. Insbesondere waren die Carbonariverbindungen dort sehr verbreitet, die Revolutionswühlereien sehr weit gediehen, die Parteien gespannt, der Bürgerkrieg in Sicht. Unter diesen schwierigen Umständen verdient seine von Erfolg gekrönte vermittelnde Wirksamkeit dort nach allgemeiner Annahme heute noch anerkennende Erwähnung.

Schön und von milder Grazie der Erscheinung, ein Liebling der Frauen und sie bezaubernd (jedoch ohne Galanterie, wie wol in früheren Jahren), von feinsten, aber dabei herzlichen Umgangsformen, wie er es war; dies Alles noch gehoben von der Anziehungskraft eines, soweit man ihm nicht entgegentrat, sanften und wohlmeinenden, im Grunde wahrhaft edlen Charakters, so trat er auf sein unterwühltes Arbeitsfeld, gewann die Reichen, besuchte die Armen, wirkte durch die seltene, patriarchalische Einfachheit seiner eigenen Lebensweise, gab den Rest des keineswegs großen Einkommens der Stelle, neben welchem er wenig eigene Renten bezog, in selbstentsagender Wohlthätigkeit hin, und konnte so nicht verfehlen, sich bald alle Herzen zu erobern. Es scheint darum guten Grund zu haben, wenn Gillet[1]) sagt, daß er oftmals an Gelde Mangel gelitten und einigemale zur Entleihung kleinerer Summen genöthigt gewesen sei. Ein schöner

---

1) a. a. O. S. 55.

und vollkommen glaubwürdiger Zug auch von der edlen Einfachheit, die ihn auszeichnete, möge gleich hier eine Stelle finden, obwol er aus den Jahren seines zweiten Erzbisthums erzählt wird.¹) Als der Haushofmeister ihm eines Tages die völlige Leere der Kasse meldete und bitter jammerte, daß er kein ordentliches Mittagessen mehr herzustellen vermöge, erwiderte er ruhig: "Freund, heute ist Fasttag und mir genügt ein Stück Käse zum Frühstück und ein Stück Parmesaner (ebenfalls Käse) zum Abend. Gott aber, der die Vögel unter dem Himmel nährt, wird uns morgen weiter versorgen." Denselben Sinn bewies er gelegentlich des wiederholten Erdbebens, der Pest- und Cholera-Epidemieen im Jahr 1832, da man ihn denn als furchtlosen Retter und Tröster von Haus zu Haus, von Bett zu Bette eilen sah, spendend und wohlthätig bis zum Aeußersten.

Die Krone aber setzte das Verhalten im Jahre 1831 beim Ausbruch des Aufstandes seinem ganzen dortigen Wirken auf. Zuerst mußte er die Verbreitung der Februar-Revolution nach Spoleto aufzuhalten. Er berief eine Bürger-Commission, berieth mit ihr in kluger Milde die zu ergreifenden Maßregeln und Spoleto blieb ruhig. Und als später, im Laufe des Sommers, diese Ruhe durch jenen Aufrührerhaufen gestört werden wollte, der, von den Oestreichern verfolgt, sich nach Spoleto drängte, um die Städter zur gemeinsamen Wehr gegen den Feind aufzurufen, da warf sich der kühne, junge Erzbischof zwischen die Parteien, verhinderte die fremde Intervention, brachte die Rebellen durch Worte und Geld-

---

1) Gillet a. a. O. Ebenso "Pius als Mensch und Fürst." Stuttgart 1861.

opfer zur Niederlegung der Waffen, und am Abend erstrahlte in einer solennen Illumination der Triumph seiner höchsten Popularität. Das waren in der That Erfolge, welche der starre, düstere Gregor XVI., der indessen eben am 6. Februar 1831 zur Regierung gelangt war, weder hier errungen hätte noch in Rom, wo es übrigens ruhig blieb. Schon diese Thatsache mag den Papst etwas eifersüchtig gegen ihn und unzufrieden mit ihm gemacht haben. Vollends konnte er in den Geruch des Liberalismus kommen, als er der grausamen Reaktion Gregors in jeder Weise milbernd entgegentrat. Damals soll sich jene Scene ereignet haben, daß er einen Proscriptionsagenten Gregors mit seiner Liste spoletanischer Namen, deren Träger schwer bestraft werden sollten, einfach abwies mit den schönen Worten: „armer Mensch, wie schlecht verstehst Du Dein Geschäft und das meinige; wenn der Wolf die Schafe holen will, wie mag er den Hirten davon benachrichtigen." Und er warf das Register in's Feuer, den Angeklagten aber verhalf er zur Flucht. Ob es nun mit diesem schönen Zug seine Richtigkeit hat, oder nicht — und der Widerspruch von gewisser dienstbeflissener Seite[1]) scheint für das Erstere zu sprechen — die obenerwähnten Thatsachen, wozu noch der Zufall kommt, daß unter den Insurgenten auch Louis Napoleon in den Palast des Erzbischofs sich flüchtete und ihm die Rettung verdankte, dies Alles scheint uns Grund genug, um es als einen wol beabsichtigten Schlag Gregors erscheinen zu lassen, daß der beliebte junge Mann schon am Ende des Jahres 1832 als Bischof nach Imola plötzlich und, wie es scheint, gegen Wissen und Willen, versetzt wurde,

---

1) Gillet a. a. O. S. 66, bestreitet die Sache sehr eifrig.

obwol mit dem Titel „Erzbischof". Größer als Spoleto, nicht der Stadt, aber der Diöcese nach, reicher besoldet, aber auch abgelegener in der öden Maremma zwischen Bologna und Ravenna war dieses Bisthum.

Es besteht freilich über diese Versetzung auch die ganz entgegengesetzte Ansicht, daß Gregor den jungen Mastai durch dieselbe habe belohnen und erheben wollen, indem die Stelle als eine politisch und kirchlich sehr wichtige demselben verliehen worden sei.[1]) Dies würde mit der Behauptung Anderer stimmen[2]), wonach Mastai's Haltung in Spoleto eine **schwankende, ja eine intriguante und keineswegs aufrichtig versöhnliche** gewesen wäre. Das Letztere halten wir bei seinem ganzen Charakter, so wie er sich bisher vor uns entwickelt hat und wie er sich stets offen und rücksichtslos herausfahrend in vorkommenden Fällen gezeigt hat, für unannehmbar. Die Möglichkeit des Ersteren dagegen liegt gerade in der erwähnten, zu jähem Umschlag disponirenden Reizbarkeit und Schwärmerei des Gefühlsmenschen wol eingeschlossen, wie denn sein anscheinend zweizüngiges Benehmen gegen Montani, den Bürgermeister von Spoleto — übrigens bis jetzt noch nicht genügend aufgeklärt — darauf zurückzuführen sein dürfte. So wird man also, was seine Versetzung nach Imola betrifft, bis auf Weiteres als das Richtige anzunehmen haben, daß der Papst „den verdienten Prälaten mit dieser guten Stelle belohnen, aber auch den Liberalen entfernen wollte."

---

1) Gillet a. a. O. S. 66 f.
2) Frankfurter Zeitung 1877, Nr. 21. „Das 50jährige Jubiläum Pius IX." — eine allzu animirte Darstellung, um uns ganz glaubhaft zu erscheinen.

Und in der That war es auch vornämlich der, für die Interessen der Kirche unausgesetzt thätige Prälat, welcher in Imola zur Geltung und Wirksamkeit kam, da bedeutende politische Verwicklungen dort sich damals nicht ergaben. So sehen wir ihn denn seinen K l e r u s zu monatlichen Pfarr= conferenzen in seinem Palast um sich versammeln, ein neues Etablissement für geistliche Exercitien desselben im Kloster Piratello gründen, c h r i s t l i c h e V o l k s b i b l i o t h e k e n ein= richten, besuchte Predigten auf seinen Firmungsreisen halten, ein theologisches P r i e s t e r c o n v i k t, M i s s i o n e n, W a i s e n = h ä u s e r gründen oder reformiren und gegen Arme und Ver= lassene aller Art seine alte aufopfernde Wohlthätigkeit erweisen.

Nach acht Jahren, im Dezember 1840, ward ihm dafür der C a r d i n a l s h u t.

Daß Maria Mastai selbst diese Stellung, und eine noch höhere, als Ziel bewußten Ehrgeizes erstrebte, wie behauptet wird, ist gewiß nicht anzunehmen. Das Volk freilich war es, das ihm diese Gedanken unaufhörlich suggerirte, ihn nach Gregors Tod auf der Reise zum Conclave vielfach, besonders in dem Städtchen F r o s s o m b r o n e, mit lautem Zuruf: „es lebe der Papst" empfing, so daß es nicht anders mög= lich war, als daß auch in ihm derlei Ideen aufsteigen mußten. Aber ganz anders, als das für den edlen Menschenfreund und Seelenhirten schwärmende Volk dachte jedenfalls die Gregorische Partei unter den Cardinälen, welche den ver= meintlichen Liberalen in ihm im Auge hatten. Und wie er auch jetzt noch entschieden für einen solchen galt, darauf wirft folgende verbürgte Anekdote ein helles Licht. Der Gonfa= loniere von Imola wurde glücklicher Vater, worauf sich ihm der Erzbischof mit den liebenswürdigsten Gratulationen als Pathen anbot. Der Mann aber wagte zu entgegnen: „Sie, Sie, ein Liberaler? Niemals!" Wenige Monate später soll dann Pius denselben Maire mit einer Deputation empfangen und durch folgende Ansprache überrascht haben: „Sie haben die Pathenschaft des Bischofs von Imola abgelehnt. Wollen Sie jetzt diejenige des Papstes annehmen?" So erzählt Gillet. Hier können wir noch eine andere kleine Erzählung anfügen, die, ob nun historisch oder nicht, jedenfalls den liebenswürdig=jovialen, auch oft gutmütig=spöttischen Zug seines Wesens, der ihn bis zum Tode nie verließ, ganz besonders gut zeichnet. Als der Offizier der Leibgarde, der sich einst seinem Eintritt widersetzt, beim nunmehrigen Papst um die übliche Bestätigung bat, sagt Pius scherzend: Davon kann keine Rede sein; hätten sie mich einst nicht so grausam abgewiesen, so wäre ich jetzt längst Hauptmann. — Doch wir sind mit diesen Mittheilungen bereits dem Gang der Dinge vorausgeeilt und kehren nun zu demselben zurück.

3. Papst und Liberaler.
1846—1850.

Wir stehen an der, nach Außen und Innen merk=
würdigsten Epoche des Lebens Mastaï's, in welcher sich uner=
hörte Ereignisse drängen, deren äußeren Verlauf wir
zunächst ununterbrochen darstellen wollen, ehe wir über ihre
innere Entwicklung weiteren Betrachtungen Raum geben.

Am ersten Juni 1846 schloß Gregor XVI. die Augen.
Nach der üblichen Frist von neun, diesmal 14 Tagen[1]),
versammelte sich das Conclave[2]), die von ihrer Welt=
abgeschlossenheit so benannte Wahlversammlung der Cardinäle,
im Quirinalpalast und zwar in dem Süd=Ost=Flügel,
welcher vom Monte Cavallo bis zu den vier Brunnen (quattro
fontane) sich erstreckt.

Sehen wir uns die Physiognomie und den Ver=
lauf eines solchen Conclave mit seiner wunderlichen,
eigentlich unbarmherzigen Clausur=Strenge, mit seinem selt=

---

1) Ersteres die sog. novendiales, die neun Tage der Leichen=
feier für jeden gestorbenen Papst.
2) Wörtlich: Verschluß, (klosterartige) Clausur.

samen Ceremoniel und Pomp etwas näher an, wie solches damals, nach Jahrhunderte alter Gepflogenheit vor sich ging! Der Leser erhält damit zugleich ein **Erinnerungs= bild** der, in diesen Tagen vor unsern Augen geschehenen **neuen Papstwahl**, welche, unter dem Schutz der italienischen Regierung, **ganz dieselben Züge**, wie die vorliegende, trug, obwol ein Abgehen von den überkommenen Traditionen [1]) von mancher Seite vermuthet werden wollte. Und verlegen wir die Stätte unserer Schilderung — obwol, wie bemerkt, die Wahl von 1846 im Quirinal vor sich ging — an den uralten welthistorischen Hauptort der Conclaven, in „die heiligen apostolischen Paläste" des Vatican! [2])

Während [3]) das **passive Wahlrecht** in der Papst= wahl durch kein Statut oder Gesetz weder auf den Cardinals=, noch überhaupt den geistlichen Stand beschränkt ist, so daß

---

1) Veränderungen stehen jedem Papst zu, doch nur auf Grund des alten canonischen Rechts und in dessen Grenze. Daß übrigens Pius schon eine diesbezügliche, vor einigen Jahren von der Kölner Zeitung veröffentlichte Bulle („praesente cadavere") erlassen, bezweifelte schon Bonghi, der wohlorientirte italienische frühere Unterrichtsminister, in seiner sogleich zu nennenden Schrift und erklärt jene Bulle für unächt, was sich nun bestätigt hat.

2) Die letzten vier Conclaven waren im Quirinal, der Sommer= residenz bis 1870; sonst alle seit 1455, mit Ausnahme eines einzigen anno 1800 in Venedig, zu Rom im Vatican, wo nach der Regel auch das neueste sein mußte und nun auch wirklich stattgehabt hat.

3) Vgl. Synopsis Constitutionum apostolicarum — de pertinentibus ad electionen Papae. [Reate 1732. Jof. Abler, Ceremonien bei der Papstwahl, Wien 1834. C. Weizsäcker in den Jahresbüchern für deutsche Theologie 1876. Neuestens: Bonghi, Pius IX. und der künftige Papst. Deutsch, Wien 1877.

in Gregor X. der Erzbischof von Lüttich, ohne Cardinal zu sein, in Cölestin V. sogar ein Laie auf dem Stuhl Petri saß, und nur praktisch sich die Sache so gestellt hat, daß seit Urban VI., von 1378 bis heute, keine Wahl mehr außerhalb des Collegiums fiel — so ist das active Wahlrecht bekanntlich Sache der Cardinäle ausschließlich. Jedoch nicht von Anfang an.

Die Zuweisung der ausschließlichen und absolut unabhängigen, keiner kaiserlichen oder andern Bestätigung mehr bedürfenden, Papstwahl an das Collegium der Cardinäle, und zwar unter Zugrundlegung des Wahlentscheids durch Zweidrittels-Mehrheit, geschah durch Alexander III. 1179. Die erste ausführlichere Clausurordnung gab sodann Gregor X. 1274 auf dem Concil zu Lyon, der das erneute vollständige Wahlgesetz Gregor's XV. vom Jahr 1621 und das Statut Clemens XII. von 1722 folgten, durch welche die Papstwahl ihre bis heute gültige und übliche Gestalt erhielt.

Es handelt sich darnach vor Allem um die eigenthümliche Herstellung des Wahlorts. Im Vatican diente hierzu von Alters her die erste Etage des südlichen, dem Petersdom entlang laufenden Flügels über der jetzigen Königstreppe (Scala regia) mit der daran stoßenden Capella Paolina.[1] Mittels auf dem Fußboden aufgenagelter Balken werden nun in Gängen und Sälen ebensoviele kleine Zellenverschläge[2] errichtet, als wählende Cardinäle vorhanden sind, um nachher unter den letzteren verloost zu werden. Dieselben sind jeder von dem andern einen Fuß weit getrennt,

---

[1] Diesmal die Appartements Borgia im innern Parallelflügel; Wahlort: sixtinische Capelle; Haupteingang ebenfalls die scala regia.

[2] Bonghi giebt Länge und Breite mit 18 und 15 Fuß an.

haben aber nur Tuchwände, die jedes Wort hören lassen. Einzig mit einem hochgelegenen kleinen Fensterchen, hölzernem Tisch und Stuhl versehen, durch eingebaute Schlafräume für die zwei Diener, für den Secretär und für den Cardinal selbst noch verengt, bilden sie einen recht unwirthlichen Aufenthalt für die betagten hohen Kirchenfürsten. Kalt, trotz des Kohlenbeckens, feucht durch die Lage des apostolischen Palastes, waren sie schon manchmal, besonders bei langandauernden Wahlen, die Krankheits= ja die Sterbestätte ihrer Besitzer, zumal nicht einmal eine verschließbare Thüre sondern nur ein stets offener Wandausschnitt als Eingang gestattet ist. **Stete Controlirbarkeit der Wählenden nach Innen nämlich soll sich verbinden mit hermetischer Abschließung gegen die Außenwelt.** Darum wird schon zum Voraus der ganze Conclave=Raum, welcher außer Zellen und Gang nur noch das Wahllocal, einen Saal oder Kapelle, umfaßt, selbst unter Ausfüllung der hohen Fenster bis auf einen obersten kleinen Theil, so vollständig vermauert und isolirt, daß, nach Schließung der einzigen Eingangsthüre, nur noch ein kleines Sprechfensterchen[1]) oberhalb derselben und sonst in der Außenmauer einige **Drehscheiben** für die **Speiseträger** eine kärgliche Verbindung mit der Welt vermitteln und zwar diese beiden Punkte aufs Strengste militärisch besetzt und bewacht, früher vom Gouverneur von Rom selbst, diesmal von der päpstlichen Leibgarde.

Es haben aber die Speiseträger (Dapiferi) die Schüsseln nur hereinzubieten. Die Speisen sind also das

---

1) Das nur bei besonderen Anlässen unter Zustimmung aller Wähler, z. B. bei Todesfällen, benutzt werden soll.

Einzige, was während der ganzen Zeit im Conclave ein- und ausgehen darf. Sie bilden die im Palast jedes Cardinals, aber auf päpstliche Kosten [1]), gefertigte tägliche Nahrung. Diese wurde von Gregor X. zur Verhütung so langer Conclaven, wie dasjenige zu Viterbo, aus dem er selbst hervorgegangen (1271) — wo der Bürgermeister endlich den Cardinälen das Dach über dem Hause hatte abdecken lassen, damit sie nach zwei Jahren endlich einig würden! — auf nur eine „einzige Schüssel", ein einfaches Gericht und vom fünften Tage an nur auf Brod und Wein festgesetzt. Clemens VI. milderte diese Strenge durch Erlaubniß eines frugaleren Mahles von Fleisch oder Fischen, Eiern und Käse, wobei aber bestehen blieb und bis heute besteht, daß jeder Cardinal ganz allein zu essen hat. Diese Speisen nun bieten die Diener nicht herein, ohne daß sie jedesmal zuvor von der Wache auf etwa mitunterlaufende Briefe oder dergleichen verrätherische Kundgebungen der Außenwelt untersucht worden wären.

Im Uebrigen wird, nachdem am ersten Abend nach dem Einzug, von dem wir gleich hören werden, die offiziellen Visiten der Cardinäle unter einander sowie der auswärtigen Staaten-Gesandten abgemacht sind und der Cermonienmeister sein feierliches: „exite omnes" „hinaus Alle" gerufen hat, der ganze Raum endgültig abgesperrt; und unter den heiligsten Eiden sämmtlicher nunmehrigen Insassen, vom letzten Bodenkehrer bis zum obersten Ceremonier, daß keiner das Geringste nach Außen wolle verlauten lassen, wird die Thüre dreifach verriegelt, versiegelt und verschlossen.

---

1) Die sehr theure Erbauung seiner Zelle liegt jedem Cardinal selbst ob.

So befinden sich nun 50—60 Carbinäle[1]) nebst der mehr als doppelten Zahl von „Conclavisten", worunter man das unentbehrliche Personal, nämlich zwei (selten drei) Diener für jede Eminenz, zwei Zimmerleute, zwei Maurer, Barbiere, Kehrer, Schreiber, Aerzte, Beichtväter, endlich auch sechs hohe Ceremonienmeister begreift, im Ganzen also gegen, oft über 200 Personen, wie unter der Luftpumpe in dem verhältnißmäßig engen, abgeschiedenen Raume, einem eingesperrten Bienenschwarm zu vergleichen, innerlich voll sich drängender Gedanken und Pläne und doch äußerlich zu gedämpftem Wort und Schritte, zu feierlicher Ruhe gezwungen, daher um so mehr sich gegenseitig beobachtend und belauernd. Insonders die Conclavisten, sie bilden eine **interne Spähergarde** unter sich und für die Carbinäle, welche letztern zwar sich besuchen dürfen, aber nur in offizieller Begleitung und, wie oben gesagt, nur bei offener Zelle. —

In einen derart beschaffenen und überwachten Ort und zu solcher wirklichen und wahrhaften Clausur hielten nun auch am Nachmittag des 14. Juni die Carbinäle ihren hochfestlichen Einzug. Jeder mit seinen Conclavisten in zwei alterthümlich-prächtigen Staatscarossen bei der Hauptpforte vorgefahren, setzten sie sich zu Zwei und Zwei, unter Vorantritt der Diener und Ceremonienmeister, durch die Spaliere der Soldaten und des Volks in Bewegung, um zunächst in der Kapelle des Conclave, wie schon am Morgen beim Hochamt in S. Peter, nach gemeinsamer Andacht den Eid auf die apostolischen Constitutionen die Wahl betreffend

---

1) Die Maximalzahl 70 des heiligen Collegiums ist noch nie voll gewesen; gegenwärtig 64.

einzeln abzulegen, und sich dann in ihre Zellen zu verfügen, um dem ersten Wahltag entgegenzuharren.

Dieser ist immer der erste Tag nach dem Einzug. Und zwar haben von da an je nach dem Morgen- und Nachmittagsgottesdienst, tagtäglich zwei Wahlgänge stattzufinden. Die Kapelle (oder der dazu ersehene sonstige Saal-Raum innerhalb des Conclave) ist zu diesem Zwecke bereits in einen erhöhten und einen niedrigeren Theil geschieden.

Oben im Viereck die Sitze der Wähler; jeder von einem Baldachin überdacht, der herabgelassen werden kann; neben jedem ein Tischchen mit Tinte, Feder und gedruckten Wahlzettelformularien. Unten der Altar der Kapelle; darauf der Kelch für Einwerfung der „schedulae"; daneben der Tisch für die drei, jedesmal neu zu erwählenden „Skrutatoren" d. h. Stimmenzähler. Indem die Wähler, in der erhobenen Rechten die mit einem Namen ausgefüllten aber versiegelten Wahlzettel tragend[1], die Stufen zum Altar heraбsteigen und knieend, nach wiederholtem Schwur gewissenhafter überzeugungsmäßiger Wahl, die Schedulä in den Kelch legen, welcher dann später von den Skrutatoren geleert wird, symbolisiren sie das **Herabsteigen des heiligen Geistes** auf ihre Wahlversammlung. Indem aber zur Erlangung der Zweidrittels-Mehrheit mehrere, oft unzähligemal wiederholte Wahlgänge nöthig werden, nach deren jedem die Stimmen von den Skrutatoren zu publiciren und zu zählen sind; indem jedem Wähler gestattet ist, von seinem früheren Candidaten weg einem indessen zu Stimmen

---

[1] Bonghi a. a. O. spricht auch von der Möglichkeit für die Cardinäle, mit der linken Hand und verstellter Schrift — also unleserlich — zu schreiben.

gekommenen ebenfalls seine Stimme zu geben, wobei dann nicht mehr „ich wähle NN.", sondern „ich trete NN. bei" geschrieben wird und diesem die neuen Stimmen sammt den in den vorangehenden Gängen erhaltenen zugezählt werden [1]): so sieht man leicht, welche Möglichkeit der Frontveränderung noch während der Wahl, welche mittelbare gegenseitige Beeinflussung der Wähler, welche möglichen Chancen der einmal zu einigen Stimmen Gekommenen immerhin noch gegeben sind, obwol eine unmittelbare gegenseitige Verabredung der Cardinäle ebenso sehr streng verboten, wie auch nach den erzählten inneren Verhältnissen und Vorkehrungen des Conclave factisch fast unmöglich ist.

Auch in dem in Rede stehenden **Conclave nach Gregors XVI. Tod**, das überdies blos zweitägig, eines der kürzesten aller Zeiten war, sollte es so gehen.

Wir haben weiter oben (S. 18 f.) gesehen, daß von Mastay, das schwärmende Volk ausgenommen, kein Mensch in maaßgebenden Kreisen, wenigstens öffentlich nicht, redete.[2]) Aber die Stellung und Verfassung der Parteien vor der Wahl war eine derartige, daß durch die Rivalität der

---

1) Diese häufigste Art heißt das Wahlgesetz die electio per scrutinium et accessum (durch Beizählung, Beitritt). In demselben ist übrigens auch eine Wahl durch einmüthige Acclamation „per quasi inspirationem" oder „durch Compromiss" d. h. durch Uebertragung des Wählens an einige, gemeinsam Bevollmächtigte vorgesehen, die jedoch ebenfalls im Conclave geschehen muß — abermals eine Hinterthüre, um etwa in gefährlicher Zeit mit Schnelligkeit und einmüthig einen Papst hinzustellen, wie es z. B. jetzt zu verordnen dem Pio nono unbenommen gewesen sein würde.

2) Dies giebt auch Gillet zu, a. a. O., 2 Th. das Pontificat.

beiden, sich gegenüberstehenden Parteicandidaten bei mitunterlaufenden Fehlern in der Parteitaktik die Wahl auf einen Dritten, nicht in Rechnung Genommenen, bisher Ungenannten, abgelenkt werden konnte und mußte. Dieser Lage der Dinge verdankte denn Pius seine Wahl.[1])

Es standen sich nämlich, wie wohl in jedem Conclave und auch im letzten, als die zwei Haupt-Parteien diejenige der Zelanti und Moderati, die Männer der äußersten Rechten und der gemäßigten Rechten gegenüber. Die eine gegen jede Verständigung mit den Ideen der Zeit, besonders des modernen Staates und gewillt, bis vor 1794 mit ihren Forderungen zurückzugehen. Die andere für eine Verständigung mit den Regierungen, sowie ein gewisses Rücksichtnehmen auf den Volkswillen und entschlossen, auf die Errungenschaften der französischen Revolution sich zu stützen, ebenfalls jedoch in rein conservativer Tendenz, nur soweit ein weises Nachgeben zum Vortheil der Kirche gereichen könnte. Die erstere war die alte Partei Gregor's XVI.[2]) und ihr Candidat dessen Staatssecretär, der finstere Lambruschini. Die letztere war die gemäßigte Oppositionspartei unter Gregor und ihr Candidat der Cardinal Bernetti.[3]) Neben diesen Hauptfractionen bestand aber auch noch eine Linke mit Altieri an der Spitze und jene sogenannte

---

1) Bonghi, a. a. O. S. 51 f. S. 78 ff. 81 ff.

2) Die „setta Gregoriana" der Unversöhnlichen, welche dem an sich milden Pius nachher und bis zuletzt so viel zu schaffen machte.

3) So Bonghi S. 82 ff. Von Andern wird auch der milde Gizzi genannt.

„fliegende Schwadron" der Conclaven, welche die Unentschiedenen oder Zuwartenden in sich begriff und so besonders geeignet war, eine etwa nicht festgeschlossene Gegenpartei zu durchbrechen.

So kam denn am Morgen des 15. der **erste Wahlgang** heran. Er gab noch keine Entscheidung; aber mit Erstaunen hörte das Conclave: Lambruschini 15, — Mastaï 12 Stimmen! 23 Stimmen zersplitterten sich, wovon 2 auf Gizzi fielen. Es waren im Ganzen 50 Cardinäle[1]). Die Zettel mußten also auf dem Kamin hinter dem Altar vorgeschriebener Maaßen verbrannt werden. Aber die Partei Lambruschini hatte sich als nicht geschlossen genug gezeigt; diejenige des Bernetti ebenso. **Diese ersten 12 Stimmen des Mastaï** — welcher immerhin ja bisher als ein Mann von milder, versöhnlicher und nachgiebiger Art, ein „mittelmäßiger" Geist, von dessen Auftreten **keine Partei besonders fürchten zu müssen glaubte,** und ein Mann von reinem Charakter bekannt war und daher, wie man leicht denken kann, von Manchen noch in letzter Stunde in den Vordergrund geschoben wurde — hatten die Reihen der beiden rivalisirenden Parteien durchbrochen; je mehr die Hoffnung des Sieges schwand, je kürzer das Conclave verlief, desto mehr mußte dieser erste Coup Alles entscheiden und in Mastaï der Candidat der Mittelsmänner, der vermeintliche tractable Vermittlungsmann, in dem sie sich nur unerhört täuschten, den Thron besteigen. Und so geschah es. Am selben Abend ergab die Wahl

---

1) So Bonghi. Gillet, der im Uebrigen, besonders in den Zahlenangaben ganz mit jenem übereinstimmt, zählt 51 Wähler und 13 erste Stimmen für Mastaï.

bereits 17 Stimmen auf Mastai, 13 auf Lambruschini. Dritter Wahlgang am Morgen des 16.: Lambruschini 11, Mastai 26. Nochmals wurden die Zettel verbrannt. Nochmals zeigte der aufsteigende kleine Rauch (die Fumata), das einzige Lebenszeichen, das aus einem Conclave dringt, dem harrenden Volk, daß noch kein Papst der Welt wiedergegeben sei; und man kann sich die Erregung der Geister auch innerhalb des stillen Raumes, das Hoffen und Bangen der Einzelnen denken! — Aber der vierte Gang sollte der entscheidende werden. Es war am Abend des 16. Juni 1846. Durch eine eigenthümliche Fügung des Geschicks hatte das Loos Mastai selbst zum Skrutator für denselben bestimmt. Mastai, so erzählt Gillet, entfaltete den ersten Zettel und las nach der traditionellen Formel: „Eligo in summum Pontificem reverendissimum Dominum Cardinalem Mastai-Ferretti"; ich wähle zum Papst den hochwürdigen Cardinal Mastai". Er las es zum zweiten, dritten Mal u. s. f. Als er zur 17. Stimme für ihn selbst gekommen war, überwältigte ihn die Bewegung. Er bat, einen andern Skrutator zu erwählen. Die Cardinäle erinnerten ihn an die gesetzliche Unmöglichkeit eines solchen Wechsels mitten in der Wahl und baten ihn, ein wenig zu pausiren und dann weiter zu machen. Dies geschah bis sechsunddreißig Stimmen gezählt waren, die auf ihn gefallen waren, also noch zwei über zwei Drittel. Da sank Mastai am Altare nieder und nachdem man ihm einige Minuten der stillen Erholung von dem großen, offenbar ihm selbst unerwarteten Momente gegönnt, traf den noch Knieenden, in Rührung Aufgelösten die Frage des Cardinaldecans, ob er die nach kanonischem Recht legale Wahl annehme? Nachdem er, noch vor dem Kreuze hingestreckt sein „ecce indignus servus tuus" „ich bin dein unwürdiger Diener, Herr; es geschehe dein Wille" halblaut gesprochen, erhob er sich und antwortete mit fester Stimme: accepto, ich nehme an. Und alsbald sanken plötzlich die Baldachine über sämmtlichen Stühlen der Wähler herab und nur der des Gewählten blieb unbedeckt und sichtbar; die Glocke ertönte; die Flügelthüren der Kapelle öffneten sich, die Ceremonien=Meister und Secretäre traten ein, während die Baldachine wieder empor schwebten; und die weitere Frage des Decans erging an den Erwählten: wie er sich nennen wolle. Und als er erwiderte: „Pius, zum Andenken an seinen Gönner Pius VII."; als ein officielles Document über den ganzen Act aufgenommen und unterzeichnet war, da erhob der erste Ceremonier zu dem Kreis der Carbinäle gewendet seine Stimme in dem lauten feierlichen Ruf: habemus Pontificem, wir haben einen Papst.

Auf diese Declaration folgt noch die Ceremonie der Einkleidung in der Kapellensacristei. Statt des Purpurs empfängt der so hoch Erhobene die päpstliche Soutane (langes Unterkleid) von reinster, weißer Wolle, die rothe Schärpe dazu mit den goldenen Quasten; darüber die Alba (weißes Ueberkleid) mit dem Gürtel, das kürzere Rochet (unserem Chorhemd ähnlich), die perlengestickte Stola (Um=hängestreifen), das prachtvolle Meßgewand; an die Füße endlich die weißen Strümpfe mit den rothen Pantoffeln, auf deren Spitze das goldene Kreuz, aufs Haupt die Mitra. So wird er in die Kapelle zurück zu einem schon bereit=stehenden Throne geführt, auf dem er vom Cardinal=Camerlengo den (päpstlichen) Fischer=Ring mit dem Hirtenstab empfängt und die erste Huldigung des heiligen

Collegiums durch den Fußkuß entgegennimmt, wozu dann, bei unterdessen geöffneten Thüren, der Reihe nach sämmtliche Theilnehmer des Conclave zugelassen werden. Denn schon ist dieses factisch zu Ende, schon sind die Eingänge freigegeben, schon beginnen die Vermauerungen niedergerissen zu werden, die Cardinäle rüsten sich, leichten oder schweren Herzens, aber froh der überstandenen Clausur, zur Heimfahrt in ihre Paläste, der junge Papst zieht sich zur Ruhe in seine neuen Gemächer zurück und draußen hat die blitzschnelle Fama Tausende von Menschen zusammengeführt, welche der großen Kunde harrten. Und das war die Kunde, welche der erste Cardinalbiacon — es war nach Gillet der vor Kurzem verstorbene Riario Sforza von Neapel — der Menge mit lauter Stimme vorlas [1]): „annuntio vobis gaudium magnum; habemus pontificem", „ich verkündige euch große Freude; wir haben als Papst den hochwürdigen Herrn Cardinal Mastaï Ferretti". —

So endete das Conclave vom Jahre 1846 am Abend des 16. Juni mit einem, für die Wähler wie den Gewählten, für Rom und die Großmächte [2]) gleich überraschenden Resultat.

Mastaï's Eltern erlebten diesen Freudentag nicht mehr. Der Vater war 1833, die Mutter 1842 gestorben. Seine drei Brüder aber lebten noch und empfingen von ihm in jener Nacht die Nachricht seiner Erhebung, die beiden Carbonari [3]) jedenfalls ohne sonderliche Freude.

---

1) Vom Balkon des Quirinal. Sonst, auch kürzlich, von der Loggia der Peterskirche.

2) Davon eine, Oestreich, sogar gegen den Erwählten protestirt hatte, aber zu spät!

3) S. oben S. 1.

Die feierliche Krönung fand erst später statt. Den andern Morgen aber schon, am 17. Juni, erhob sich das große Kreuz über dem Quirinal-Palast und unter dem Klange der Glocke des Capitols trat Pius IX., nachdem er in der Frühe die erste Messe gelesen, auf den Balcon am Platze der Dioskuren, um sich der harrenden Menge zu zeigen. Das war derselbe Platz, wo vor Kurzem das Volk des neuen Italiens den Tod seines ersten Königs beklagte und der Thronbesteigung des zweiten sowie dem Kronprinzen des neuen deutschen Reichs zujauchzte! Damals aber, in Erinnerung an den einstigen Director von Tatagiovanni und San Michele, rief es jubelnd aus Tausenden von Kehlen: „evviva Pio nono, der Vater der Armen" und empfing froh den ersten apostolischen Segensgruß des 54jährigen, neuen Papstes.

Selten ist die Wahl eines Herrschers mit unverhohlenerer Sympathie begrüßt worden und selten hat sich die anfängliche Sympathie so sehr zu einem wahren Freudenrausche gesteigert und dieser Freudenrausch ist selten so anhaltend geblieben durch mehrere Jahre, selten auch schließlich in solche Enttäuschung verkehrt und von ebenso heftigem Haß, zuletzt Gleichgültigkeit abgelöst worden, als dies bei Pius IX. der Fall war. Und selten hat ein Regent mit so unverkennbarer und man muß annehmen, ehrlicher Liberalität, mit so mildem Wesen und rein humanen Absichten zu walten begonnen und dann einen so unerhörten, plötzlichen, vollen Systemwechsel bis zur extremsten Restauration und vollstem weltlichem und besonders geistlichem Absolutismus eintreten lassen, wie dieser selbe Mann.

Ehe wir dieses Räthsel zu lösen suchen, haben wir die Ereignisse, vielmehr die Regierungsthaten des Papstes in seinen ersten Amtsjahren, diesen Jahren seiner „ersten Liebe", wie man sagen könnte, zu verfolgen.[1]

Es war die Zeit unmittelbar vor dem letzten Revolutionsjahre, die Zeit des Sehnens der Völker nach nationaler Selbständigkeit, zugleich nationaler Einigkeit, in welche die ersten Regierungsjahre des neuen Papstes fielen. Ein mächtiges Wogen ging durch alle Lande, durch alle Herzen und Mancher konnte hoffen, durch Zugeben eines gemäßigten Fortschritts die Völker zu befriedigen, ihre Herzen zu gewinnen, beide um so leichter zu leiten und dann an einem gewissen Punkte auch zum Stillstand ihrer Forderungen bringen zu können. Unter solchen mehr oder weniger idealen, weniger scharfsichtig-nüchteren Geistern war auch Pius, mehr ein Ideal-Politiker als ein Verstandes-Politiker. Er träumte nicht zum erstenmal diesen Traum einer italischen Liga unter päpstlichem Patronat. Schon der verbannte edle Kaplan Gioberti hatte ihn geträumt und eine ganze Partei in Italien träumte ihn mit. Es war das Erwachen der nationalen Idee ohne klare Erkenntniß der Consequenzen ihrer Durchführung.

Pius begann seine zunächst solchem Ideal zugewandte Wirksamkeit mit der Amnestie vom 17. Juli 1846. Trotz mancher Beschränkung traf dieselbe Tausende von Staatsgefangenen aus Gregor's Zeit und verbreitete Freude in zahl-

---

[1] Hauptquelle für diesen Zeitraum: L. C. Farini, lo stato Romano dall' anno 1815—50. 4 Bde. Turin, 1850 ff. Der Verfasser war selbst im Ministerium Rossi und vielfach Augenzeuge. Weiter vgl. Volpi, die weltliche Herrschaft des Papstes und deren letzte Stunden. In „Unsere Zeit", Bd. VII, 1871.

losen, hohen und niedern Familien des Landes. Sofort auch begann er mit der Erweisung leuchtender **Fürstentugenden** im eigenen Hause sowol als im leutseligsten persönlichen Auftreten nach Außen. Er vereinfachte seinen Hofhalt, verminderte das Personal, verkaufte die Hälfte der päpstlichen Luxuspferde, ordnete einfache Küche an, indem er seinem Haushofmeister sagte „ich bin ein armer Priester, kein Lucullus; als solchen haben Sie mich zu bedienen", streute mit gewohnter Uneigennützigkeit reichliche Gaben unter das Volk, unter Kranke und Spitäler aus, die er fleißig besuchte, trat für die armen abgesperrten Juden im **Ghetto** ein, um ihr Schicksal zu erleichtern und soll eines Tages einen solchen, vom Volke gemiedenen, auf dem Straßenpflaster sich wälzenden elenden Greis eigenhändig in seinen Wagen gehoben haben mit den Worten: „**es ist ein Mensch, ihm muß geholfen werden.**" Schon verehrte ihn das lang gedrückte Volk um dies Alles. Aber es vergötterte ihn, als er auch auf dem politischen und Verwaltungsgebiet auf humane und liberale Reformen einlenkte und zu diesem Behufe den milden Gizzi als leitenden Minister ans Ruder berief.

Um dies zu begreifen, muß man sich an die Zeiten seines Vorgängers erinnern. Gregor XVI, der gelehrte Camaldulenser-General Capellari, war herber, mißtrauischer Natur gewesen. Jeden irgend welchen Liberalismus perhorrescirend, jeglicher Reform abgeneigt, hatte er sich sogar gegen den Bau von Eisenbahnen gesträubt, weil sie den Unglauben in's Land bringen, und verbot allen seinen Unterthanen, auch nur einen wissenschaftlichen Congreß zu besuchen, als welcher der politischen Aufwiegelung dienen könnte. Nach dem Putsch von 1831 hatten die Mächte dem Papstthum

Reformen in der Richtung der Zulassung von Laien zu Verwaltungsämtern u. dgl. anempfohlen. Alles dies abrogirend vermehrte Gregor vielmehr nur die fremden Söldnerschaaren, welche das Volk bezahlen sollte, um sich selbst dadurch niederhalten zu lassen.

Durch solche Unterdrückung eines selbständigen Bürgerstandes, durch die fortwährende Civilgerichtsbarkeit der Bischöfe, gerichtliche Exemption des geistlichen Standes, ungleiche Bestrafung, dazu das Inquisitionstribunal, machte sich die päpstliche Regierung verhaßt und brachte sich selbst immer tiefer herunter. Die Gefängnisse füllten sich, bloßer Verdacht genügte zur Ergreifung ohne Verhör, ja es wurde als unerhörte Gewaltsmaßregel ein „precetto publico", eine Art „besonderer Staatsfürsorge" erfunden; wer damit belegt war[1]), der mußte zu bestimmter Abendstunde daheim sein, alle 14 Tage sich dem Polizeiinspektor vorstellen, jeden Monat beichten und alle Jahre drei Tage lang geistliche Exerzitien machen, widrigenfalls er mit öffentlicher Zwangsarbeit bestraft wurde.

Dem gegenüber war nun von Pius nicht blos die Amnestie vom 17. Juli gegeben worden, sondern es wurden weiter die **Eisenbahnen** endlich zugelassen, dadurch **Wohlstand** und Verkehr gehoben, es wurde das Gerichtsverfahren gereinigt durch Berufung erprobter gerechterer Männer, die **Finanzlage**, die Gregor durch viele ungünstige Anleihen erschüttert hatte, möglichst gebessert, ein neues Preßgesetz, nicht ohne die Schranke der Censur, aber doch als ein ge-

---

[1]) A. v. Velpi, die weltliche Herrschaft des Papstes und deren letzte Stunden. In „Unsere Zeit" VII. 1871.) S. 40.

waltiger Fortschritt gegen früher, da es gar keine politische
Presse gegeben hatte, am 15. März 1847 promulgirt. So=
weit war Pius' unter Gizzi's Einfluß freiwillig gegangen.
Und indeß sein ergebener Verehrer, der Padre Ventura
mit seiner ganzen Beredsamkeit den Massen „die nunmehrige
Vermählung von Christenthum und Freiheit,
ja Demokratie" predigte [1]), wandten sich die Blicke Europa's
schon mit fragendem Staunen den Schritten des neuen Nach=
folgers Petri zu.

Aber das größte Erstaunen war nun an ihm selber!
Denn weit entfernt mit diesen für ein Papst=König gewiß be=
deutsamen Concessionen zufrieden zu sein, wie dieser in reiner
Intention wol glauben mochte, zeigte sich die radicale Partei
vielmehr, einmal gekräftigt, immer unersättlicher. An ihrer
Spitze stand, als eine Puppe Mazzini's, der Trasteveriner
Bürger und Schenkwirth Brunetti, genannt Ciceruacchio, der
kleine Cicero! Klug und die Massen wie den Papst selbst
übersehend, nahm er diesen ohne Weiteres als einen auf
seiner Seite Stehenden, organisirte begeisterte Feste und
Huldigungen, eine um die andere, für ihn, und kümmerte sich
mit mückenkecker Sicherheit nicht um seine Proteste oder Be=
denken. „Durch Pius mit Ciceruacchio" war seine Loosung;
„durch Pius mit Ciceruacchio" antwortete die Menge. Der
bereits geschobene Papst mochte schelten oder verdammen,
wie er es schon in der Encyclica vom 9. Novbr. 1846
gethan hatte: jetzt mußte er, nicht mehr freiwillig, sondern
widerwillig geben, was er gutwillig niemals gegeben hätte
oder geben konnte, eine Verfassung. Schon im April

---

1) Leichenrede auf O'Connel, Rom 1847. Vgl. Curci, der Papst
als Staatsoberhaupt u. d. Demagogie. Deutsche Ausgabe 1849.

1847 erschien das Decret von der Errichtung einer „Staats=
consulta" (Consulta di Stato), einer Art Landesvertretung
und wurde von dem Bürger Brunetti auf einer Fahne unter
unsäglichem Jubel in Abschrift durch die Straßen getragen.
Im November wurde sie eröffnet und obwol ihr Pius in's
Gesicht sagte, daß sie keine Deputirtenkammer sei, daß er eine
solche Einrichtung niemals gewähren würde, so faßte sie das
Volk unter seinem Ciceruacchio doch so auf und bald tönte
der, halb glorificirende halb bittende Ruf vor dem Quirinal:
es lebe der constitutionelle Fürst Pius! Da sprach dieser
zornergrimmt die berühmten Worte: „das will ich, das
kann ich, das darf ich nicht", womit aber die mißliche
Lage, in die er sich gebracht, durch Reformirenwollen und
doch nur in seinem Sinne, nicht gehoben und er dem Ge=
fühl, unter fortwährendem Sichstemmen doch geschoben zu
werden, nicht entnommen war. Und ebenso ging es mit
der am 15. Mai 1847 für den irischen Agitator O'Connell,
der in Genua plötzlich gestorben war, von ihm veranstalteten
Leichenfeier; mit der am 8. Juli 1847 concessionirten
Bürgergarde für Rom und andere Städte; mit dem
am 3. November desselben Jahres mit Piemont und Toscana
geschlossenen Zollverein. Die Leichenfeier sollte dem
Katholiken gelten, wurde aber auf den Republicaner bezogen;
an die Bürgergarde schloß sich noch im selben Jahre die
Selbstverwaltung der Gemeine, die Municipalverfassung
Rom's an; in dem Zollverein endlich sah man, unter dem
Einfluß der immer mehr sich erhebenden „nationalen
Idee", einen Anfang, eine Bürgschaft der nationalen
Einigung Italiens, an was doch der Papst am Aller=
wenigsten gedacht hatte.

Europa aber befand sich nunmehr auf dem Gipfel des Staunens, ja zum Theil des Entsetzens. Auf manchen Kanzeln Italiens konnte man damals die Aufforderung hören: „laßt uns beten für das Seelenheil des heiligen Vaters, daß Gott ihn davor bewahre, ein Atheist zu werden." In Wien ward eine Brochüre verkauft über „Seine Scheinheiligkeit Pius .IX.", man sprach von einem Freischärler = Papst. Wie Metternich ganz außer sich war, daß nun ein Liberaler gar auf Petri Stuhl sitze, zeigt ein Brief an den alten Radetzky, worin er sagt, „daß ihnen Beiden nicht einmal ein ruhiges Alter beschieden scheine, sintemal sie nunmehr auch noch mit Larven und Phantasiegebilden zu kämpfen haben, seit ein liberaler Papst in die Welt gekommen sei, sie, die bisher nur mit Körpern zu kämpfen gewohnt gewesen".[1]) Die alte Partei gregorianischer Tradition endlich, die setta Gregoriana, schaarte sich in um so schärferer, offener und geheimer Opposition zusammen gegen den Mann, in dem sie die völlige Verkehrung des päpstlichen Standpunktes, den unheilvollen Führer des jungen Italiens — gewiß mit Unrecht — sehen zu müssen glaubten. Und zu dieser Partei gehörte auch Antonelli, der eigentliche Schüler und Schützling Gregor's seit seinem 20. Jahre, den aber Pius sofort in sein Ministerium mit herüber genommen und schon 1846 mit dem Hut bekleidet hatte!

Indessen kam das Jahr 1848 mit der Pariser Revolution und das erregte Volk des Kirchenstaats trieb auch seinen Herrscher noch weiter. War die consulta di stato

---

1) Hase, Polemik. 3. Auflage.

vom Jahre 1847 zunächst in der Weise gemeint gewesen, daß eine Anzahl bürgerlicher Vertrauensmänner als eine „Commission zur Prüfung der Gesetze und zum Vorschlag von Reformen" den Cardinälen zur Seite trete und das unter dem Vorsitz eines Cardinals, des Antonelli — so verlangte jetzt die ungestüme Volksstimme kurzweg ein Laienministerium und eine eigentliche Constitution. Pius gab nach, bereits unwillig genug und unter Verwahrungen und Protestationen, welche von seiner Ernüchterung hinlänglich zeugen konnten, das Volk aber wenig erbauten. Im Februar wurden — neben Antonelli's Präsidentschaft — Laien in das Ministerium berufen. Im März erfolgte ein Statut mit zwei Kammern, deren zweite — übrigens unter Vorbehalt der allerhöchsten, unantastbaren Autorität des Papstes — vom Volk zu wählen sei.

Als indessen die Lombardei gegen Oestreich sich erhoben und man von ihm auch noch das ganz Widernatürliche verlangt hatte, im Sinne der nationalen Selbständigkeit Italiens gegen seine alte katholische Schutzmacht zu ziehen, da protestirte Pius in einer Allokution vom 29. April 1848 auf so energische Weise dagegen, daß die Aufregung nur gesteigert wurde und auch dem Volk die Augen über die wahre Meinung des bisher vergötterten Souverän's aufgingen.

Das war der Wendepunkt dieser so merkwürdigen als kurzen Epoche.

Nachdem das erste Laienministerium Mamiani's unter dem Mißerfolg Carl Alberts und dem Einrücken der Oesterreicher in Ferrara gestürzt war, berief Pius den rechtsgelehrten früheren Bologneser Professor, den edlen Pellegrino Rossi zur Bildung eines neuen Ministeriums, einen zugleich energischen und gemäßigt liberal gesinnten Mann, dessen Grundgedanke die **italische Liga** unter Führung des Kirchenstaates war. Der Papst hoffte durch ihn noch einmal die Zügel zu fassen und eine Versöhnung herbeizuführen.

Die Gemäßigten begrüßten dies Programm. Aber die Extremen brachen nun in offene Feindschaft aus und als Rossi zu seiner **ersten** Amtshandlung, der Wiedereröffnung der vertagten Kammern am 15. November 1848 in den Säulenhof der **Cancelleria** trat, traf ihn der Dolch des Meuchelmörders. Und nun war die volle **Revolution** losgelassen. In den Gassen Roms, wo vor kaum zwei Jahren die begeisterten Hochrufe auf den Papst-König geklungen, brüllte jetzt dasselbe Volk sein „nieder mit Pius IX.! es lebe die Republik!" Und damit nicht zufrieden, wollte es diesem Ruf den vollsten Nachdruck geben. Eine vor dem Quirinal aufgefahrene Kanone zeigte, daß es Ernst sei. Pius aber, auf's Aeußerste erschüttert, getäuscht und bangend, ging gerne auf die, von befreundeten Diplomaten bereits getroffenen **Einleitungen zur Flucht** ein. —

Sicher ist, daß der französische Gesandte **Harcourt** und besonders der bayrische, **Graf von Spaur** mit Gemahlin eine Hauptrolle bei dieser **Flucht** spielten. Ob vielleicht noch Jemand hinter den Coulissen mitwirkte, werden wir später hören.

Es war am Abend des 24. November.[1] Pius hüllte sich in den einfachen Priesteranzug eines Abbate und gelangte durch eine Reihe unbewohnter Zimmer (in deren letztem

---

[1] Die folgenden Details nach der o. angef. Broschüre: Pius IX. als Mensch. Stuttg. 1861 und nach Gillet a. a. O.

Overbeck 1859 sein Gedächtnißfresco „Jesus durch die feindlichen Juden hindurchschreitend" zu malen sich beeilte, das jetzt noch zu sehen!) in einen abgelegenen, zum Hof führenden Gang und von da durch den Hof und eine Hinterpforte ins Freie. Aber der Quirinal liegt auf dem Mons Quirinalis noch ziemlich innerhalb der Stadt. So konnte der Flüchtling erst nach längerer banger Wanderung gegen die südwestliche, wenig bewohnte antike Stadt hin, an dem einsamen Kirchlein SS. Pietro e Marcellino (Kreuzung der via Labicana und Merulana), den Wagen des Grafen treffen, der ihn glücklich durch das Thor S. Giovanni am Lateran auf die Straße nach Albano brachte.. Dort, entfernt von der Stadt, erwartete sie die, für das Leben des hochverehrten Papstes zitternde Gräfin mit einem andern Wagen. Beim Umsteigen soll Pius in jener Nacht von der Gefangennahme durch eine begegnende Patrouille nur durch die Geistesgegenwart der Gräfin Theresa gerettet worden sein, indem sie den Abbate schnell als ihren Doctor und Hausarzt anredete, worauf man ihn ungehindert einsteigen ließ. So wenigstens lassen die genannten Quellen die Gräfin selbst erzählen und fügen hinzu, daß noch der junge Graf mit seinem Hofmeister im Wagen gewesen, der Graf Vater aber beim Bedienten hinten Platz genommen hatte. Man gelangte in der Frühe ungehindert nach Terracina, dann über die Grenze — ein Augenblick, in welchem Pius Thränen des Dankes vergoß — und bald in die neapolitanische Festung Gaëta. Auf erhaltene Benachrichtigung beeilten sich König und Königin von Neapel, dem hohen Flüchtling ihren Besuch und damit seinem Incognito ein Ende zu machen.

Pius nahm seinen Sitz in Gaëta.

Indessen die Ereignisse in Rom, nach dem Bekanntwerden seiner Flucht, sich überstürzten; indessen die am 9. Februar 1849 aus Urwahlen neu zusammengetretene constituirende Nationalversammlung die weltliche Herrschaft des Papstes in aller Form in Abgang decretirte, Einziehung des Kirchenguts und reine Demokratie proclamirte, sammelten sich um Pius in Gaëta die Männer des alten Systems, Antonelli an der Spitze, bemüht, den Herrscher in andere, in die alten Gregorianischen Bahnen zu drängen und durch Anrufung militärischer Intervention der katholischen Mächte die äußere Restitution vorzubereiten (diplomatisches Rundschreiben Antonelli's vom 18. Februar.) Und als die Franzosen mit ihrem Kaiser sich in die Retters-Rolle gedrängt und Garibaldi am 3. Juli ihnen Rom übergeben hatte — das sie von da an volle 21 Jahre nicht mehr verlassen sollten — da war Pius bereits soweit gebracht, drei ächte Gregorianer, die Cardinäle della Genga, Vanicelli und Altieri[1]) mit der vorläufigen Wiedererrichtung seiner Regierung, ehe er selbst zurückzukehren für gut fand, zu betrauen. Er erließ zwar auch eine, freilich allzu vielfach beschränkte Amnestie. Aber das „rothe Triumvariat" rottete nebenbei sofort jede Spur früherer Reformen aus, obwol Pius in einer Allokution vom 20. April 1849 den Charakter seiner Regierung nicht ändern zu wollen erklärt hatte und im September selbigen Jahres aufs Neue gewisse Concessionen, z. B. Gemeinderäthe, Gerichtsreform, wiewol streng unter geistlicher Leitung, verhieß. So war Alles vorbereitet zu jener mächtigen und gewaltsamen Re-

---

1) Volpi, a. a. O. S. 45.

ſtauration, welcher Pius, als er endlich von Portici aus, wohin er ſich in den letzten Monaten ſeines Exils zurückgezogen hatte, am 12. April 1850 nach Rom wieder=kehrte, nun auch den vollen Lauf ließ.

Das war alſo das Reſultat einer ſo glänzend und human begonnenen vierjährigen Regierungszeit, ein Reſultat, welches die Lage des Kirchenſtaats, vor allem die perſönliche Stellung des Papſtkönigs ſchließlich mehr verſchlimmerte, als ein von Anfang an mehr im alten Geleiſe fortgehendes Syſtem der Regierung es gethan hätte; während umgekehrt ein, wenn auch moderirtes Fortgehen auf einer irgend con=ſtitutionellen Bahn jedenfalls die Stellung Pius' nach ſeiner Rückkehr verbeſſert und damit wol auch die, wenn auch unausbleibliche, Kataſtrophe des ganzen Drama's in milderer Form ſich hätte vollziehen laſſen. —

Dies bedacht, ſo iſt die Frage eine in hohem Grad intereſſante, wie bei alle dem die innere Entwicklung der Dinge in Pius' Seele vor ſich gegangen und bei ihm zuerſt ein ſo freiſinniger Zug des Regiments, wie auch nachher ein ſo gewaltiger völlig reactionärer Umſchlag möglich geweſen und erklärbar ſei.

Hier iſt erforderlich, auf die Wahl Pius' und damit auf die Stellung der herrſchenden Parteien bei und vor derſelben zurückzukommen.

Aus der erſten franzöſiſchen Revolution hervorgewachſen, bildete ſich am Ende des vorigen und Anfang des laufenden Jahrhunderts in Frankreich jene Partei, welche ſich ſelbſt die „ultramontane" nannte und gegenüber dem erſten napoleoniſchen Kaiſerthum, welches den alten Kampf um die Oberherrlichkeit mit dem päpſtlichen Stuhl zu erneuen ſich erkühnte, sich auf das Volk, auf die Demokratie zu stützen unternahm, um die verhaßte, von der unumschränkten Monarchie Ludwigs XIV. so mächtig gehandhabte, von der Revolution gebrochene, von Napoleon I. erneuerte nationale „Freiheit der gallicanischen Kirche" endlich definitiv umzustoßen. Die Führer derselben waren Lacordaire, Montalembert, Lamennais. Gregor VII. ist für sie der Patriarch des europäischen Liberalismus gegenüber der Despotie der Staatsgewalt. „Nicht mehr königlicher Gunst verkauft muß die Kirche, frei wie die der Apostel, die Gemüther der Völker gewinnen," sagt Lamennais und macht zum Wahlspruch seines neuen Journals „l'Avenir" die Worte Dieu e liberté. Denn „die Souveränität ist von Gott unmittelbar dem Volk gegeben. Auch die Bourbons sind mit Recht vertrieben, weil sie der Kirche nicht die gehörige Freiheit gaben." Krieg gegen die Monarchie, Liebäugeln mit der Demokratie, aber rein nur als Mittel zu kirchlichen Zwecken, war von nun an also die Loosung. Diese Partei, die ultramontane, wie sie seither heißt und sich in den Grundprincipien gleich geblieben ist, war es, welche, unter dem starren Gregor XVI., der sich sammt seinem Premier Lambruschini über das „kecke Treiben dieser jungen Leute" mehr ängstigte, noch zurückgehalten, nun mit Pius IX. den päpstlichen Stuhl bestieg, dessen Wahl, wie oben gezeigt, ja eben der Sieg gerade über Lambruschini war. Konnte doch bei der Nachricht seiner Wahl P. Lacordaire ganz unverblümt an seine Freundin Swetchine schreiben, „die letzten drei Päpste (Leo XII., Pius VIII., Gregor XVI.) haben den tiefsten Wünschen des Katholiken beziehungsweise der Partei, nicht genügend Rechnung getragen; dieser neue werbe es dagegen thun." Er sah ganz einen der Ihrigen in Pius IX. „Ah! si de Palerme à Turin, si de Constantinople à Londres, si de Gènes à New-York on crie: vive Pie IX., c'est que les entrailles du genre humain ont tressailli sincèrement, c'est qu' elles sont émues d'un pape qui vient à **leur secours** et qui apporte **dans la question de l'affranchissement** et du renouvellement moral des peuples le poids de la plus haute autorité qui soit au monde." Auch Darboy (1850): „le nouveau Pontife avait résolument entrepris une réforme générale de ses Etats et atteint en quelques mois à la renommée des meilleurs princes ... Les peuples avaient tressailli d' aise et saluaient en la personne du pape réformateur l'étroite alliance de la tradition et du progrès, de l'esprit ancien et de l'esprit nouveau... (On le voyait) consacrer de la sorte des **aspirations de la démocratie moderne.**" [1])

Hier haben wir wieder die schon oben erwähnte Predigt des Pater Ventura von der „Vermählung des Christenthums mit der Freiheit und Demokratie" — ein doch nur auf Unterwerfung der Völker unter das Papstthum abzielender Traum! Hier haben wir auch einen deutlichen Wink, wie Pius' sogenannter Liberalismus aufzufassen ist und im Wesentlichen auch gemeint war.

Erinnern wir uns, wie Mastai's kirchliche Stellung von Anfang seiner Priesterwirksamkeit an unbedingt con=

---

1) Bei Friedrich, Geschichte des vatican. Concils; I. 1877. S. 129 f., einem wahrhaft monumentalen Werk voll epochemachender authentischer Enthüllungen.

servativer Art gewesen, wie auch sein **erster Hirtenbrief vom neunten November** 1846 nur ein Nachhall des gregorianischen vom 15. August 1832 war und Vernunft und Wissenschaft, moderne Bildung und Presse, religiöse Mündigkeit und Bibelverbreitung verdammt, doch die Freiheit — charakteristischer Weise — nur in der Form des Communismus! Erinnern wir uns ferner seiner fortwährenden Protestationen gegen den Strom, den er entfesselt und vergegenwärtigen wir uns in kurzer Zusammenstellung die drei, zum Theil schon erwähnten hauptsächlichsten dieser öffentlichen Proteste! In der **Allokution vom 17. Dezember** 1847 spricht er „seinen peinlichen Kummer darüber aus, daß ihm einige Feinde der katholischen Kirche die Schmach angethan haben, ihn **gleichsam für den Theilhaber ihrer Thorheit auszugeben;** daß sie namentlich aus einigen Anordnungen zur Erhöhung der bürgerlichen Wohlfahrt des Kirchenstaats, sowie aus der Amnestie schließen wollen, er sei so wohlwollender Gesinnung gegen das Menschengeschlecht, daß **er glaube, man könne auch außerhalb der katholischen Kirche selig werden.** Er kann seinen Abscheu hierüber gar nicht in Worte fassen".[1]) In der weiteren Allokution vom 29. April 1848 „erfüllt ihn der Gedanke mit Abscheu, daß man ihn **an die Spitze einer italienischen Republik** stellen

---

1) Text dieses Schriftstücks sowie des Hirtenbriefs und sämmtlicher im Folgenden zu erwähnender bis 1864 in: **Pii IX. Pontificis Maximi Acta. Rom, Vol. I—III.** 1854, 58, 64. (Bis Dezember 64 reichend).

wolle. Als Vater aller Gläubigen könne er an politischen Factionen keinen Theil nehmen und nichts wünschen, als den Frieden der ganzen Welt, vor allem Italiens." In der Allokution vom 1. Januar 1849 endlich, der schärfsten von allen, protestirt er (nachträglich) gegen die Berufung einer sogenannten Nationalversammlung als eines gräßlichen kirchenschänderischen Frevels an seiner Unabhängigkeit. „Nach dem Tridentiner Concil sei der größte Bann über alle Diejenigen zu verhängen, welche sich irgend gegen die weltliche Souveränität des Papstes auflehnen. Es sei seine heiligste Pflicht, das geheiligte Pfand des Patrimoniums der Braut Christi (die Selbständigkeit des Kirchenstaats) zu bewahren und zu vertheidigen. Dennoch, als ein Stellvertreter des Allbarmherzigen, bete er Tag und Nacht um die Bekehrung und Rettung der Verirrten, inbrünstig hoffend, daß sie bald in den Schaafstall der Kirche zurückkehren." Nehmen wir endlich, obwol diese Documente eigentlich an Deutlichkeit bezüglich Mastai's Sinn und Meinung nichts mehr zu wünschen übrig lassen, noch das weitere mitwirkende Moment hinzu, daß der Vertraute des arglosen Papstes, das gewiegteste diplomatische Genie der Curie, daß Antonelli, wie zu Rom in eingeweihten Kreisen erzählt wird, eine eigene ultraliberale Metamorphose heuchelte, um den reinen und hohen idealen Sinn des Gönners in den nachgiebigsten Liberalismus hineinzutreiben; daß derselbe dann wiederum die, nicht absolut gebotene, endliche Flucht dem Papste als unumgängliche suggerirte, ja mit der Gräfin Spaur eigentlich inscenirt haben soll, um ihn durch die gewaltsame Vorspiegelung der

Verfolgung seiner Person durch das undankbare Volk radical von allen Popularitätsideen zu heilen!¹)

Dies Alles ist mehr als genug für uns, um zu begreifen, daß wir in Pius einen Mann vor uns haben, welcher schon damals mit der ihn später beherrschenden Partei jedenfalls in keinem principiellen Widerspruch stand, wenn er es auch in seinem Staate mit der „modernen Demokratie" versuchte; welcher aber nicht nur, wie Lamennais und Genossen sammt ihrer ganzen Partei bis heute, sich mit seinen Intentionen in dem, unverhofft zum nationalen und staatlichen Selbstständigkeitsbewußtsein erwachten Völkerleben gewaltig täuschte, sondern welcher auch bei seiner persönlichen Idealität, seiner im Grunde wohlwollendsten Humanität der Gesinnung in herbe Verbitterung umschlagen mußte und der unerbittlichsten Restauration Raum geben konnte, als er seine Ziele, die ihm persönlich heilig und theuer waren, völlig verkannt und verkehrt sah. Man vergesse nur nie, daß diese Ziele durchaus keine politisch-bürgerlichen waren, daß die (scheinbar) liberalen Maaßnahmen von Anfang nicht der staatlichen Freiheit galten, sondern nur Mittel zum Zweck des „affranchissement moral des peuples"²) sein sollten. Darum wurden sie eben sofort aufgegeben, als sie diesen Zweck nicht erreichten, sondern nur zu einer nicht beliebten Entfesselung der Volkswünsche ausschlugen und gar geradezu

---

1) Es wird eine Antwort erzählt, die der Cardinal dem Fürsten Torlonia auf die Frage, wie es mit den liberalen Neigungen Sr. Heiligkeit stehe, gab: „Credo, ch' è guarito" „ich glaube, er ist geheilt."

2) Vgl. oben Lacorbaire's Brief. Correspondance du P. Lacordaire p. 466.

die aufkeimende nationale Idee der Italiener großzogen. Dies Aufgeben war also kein Wechsel des Systems, sondern einzig des Verfahrens — von der Partei bis heute öfters beliebt — wie denn Pius schon während der in Rede stehenden ersten Regierungsjahre auch die Jesuiten auf das Verlangen des Volks nur mit Schmerz und Widerstreben aus Rom scheiden sah [1]), um sie, wie wir sehen werden, bald nachher um so vollständiger zu restituiren. Hören wir nochmals Darboy mit unmißverständlicher Klarheit sich aussprechen [2]): ... le clergé fit acte de patriotisme autant que de zèle évangélique en acceptant le rôle conciliateur qui lui était librement offert .... Mais la pensée était bien venue à quelques hommes qu'on ne demeurerait pas longtemps maître d'une force déjà considérable par elle même e surexcitée encore par des encouragements descendus de si haut."

In dieser Ideenverbindung von Patriotismus und papst-kirchlichem Eifer war also gewiß auch Pius Patriot, italienischer Patriot von ganzer Seele. Aber je mehr er eben diese Gedankenverbindung, dieses und nur dieses Vaterlandswohl mit seiner ganzen Leidenschaftlichkeit, seinem angeborenen tief religiösen Ethos auffaßte, desto bitterer war seine Enttäuschung durch das Benehmen des von ihm wahrhaft geliebten Volkes; desto mehr mußte seiner ehrlich gemeinten Liebe endlich nicht frei-

---

1) 28. März 1848.
2) In der oben citirten Stelle im Correspondent vom 25. November 1850: „les concils récemment tenus en France."

sinnige, sondern reactionäre Verwaltung als **der wahre Patriotismus** erscheinen. Und je weniger auch irgend eine eigentlich politische Ader in ihm war und er sich bisher als Politiker von Fach bewiesen hatte, desto mehr mußte ihm dies Feld der Thätigkeit entleidet, mußte er geneigt sein, dasselbe seinem klugen Minister aus der alten Räuberfamilie, „dem Mann mit dem glatten schönen Antlitz" [1]) zu überlassen — wenn auch vielleicht nicht immer allen seinen einzelnen Maaßregeln, am Wenigsten den harten zustimmend — sich selbst aber zu den rein geistlichen Interessen zurückzuwenden, für welche sein Herz durch Anlage und Erziehung am Meisten gestimmt war und welche früher seine Seele ausgefüllt hatten.

Wird nun auch das Lebens- und Wirkensbild Pius' IX. durch den verhängnißvollen Umschwung, in den er einwilligen zu müssen glaubte, und durch den Verlauf seiner letzten und längsten Regierungsperiode, zu der wir nun übergehen, wesentlich getrübt — seinem **Charakterbild** wird die Geschichte die Gerechtigkeit widerfahren lassen müssen, daß es von allem Wechsel unberührt, über die 48er Jahre hinüber bis heute das geblieben ist, als was wir es von Anfang an erfunden und bezeichnet haben: nicht das Bild eines hohen oder scharfen Geistes, sondern eines leidenschaftlich und stürmisch empfindenden, eines weichen und doch wieder ungewöhnlich zähen, freundlich-milden und wieder harten, gestrengen, immer aber nach seiner tiefsten Sinnesweise reinen und edlen, nach seiner innersten Ueberzeugung wohlmeinenden Gefühlsmenschen.

---

1) Hase, in der Polemik. S. 198. 2. Aufl.

4. Reaktionär und Unfehlbarer.
1850—1878.

Wie wir schon im letzten Abschnitt vorgreifend bemerkt haben, so kehrte Pius mit Antonelli am 12. April 1850 nach Rom zurück.

Es wird gut sein, wenn wir nun die äußere, weitere Geschichte des Kirchenstaats getrennt von der inneren, von der rein kirchlichen Wirksamkeit des Papstes darstellen, welche nun erst in rechte Activität kam.

Bezüglich der ersteren mag ein kurzer Ueberblick genügen, da doch die Hauptfakta noch in der Lebenden frischer Erinnerung sind. Das Geschick des Kirchenstaats, dem Steine gleich, der einmal in's Rollen gekommen, vollzog sich mit unbeugsamer Consequenz der Thatsachen und endete in einer kolossalen Niederlage der Antonelli'schen Politik.

Den unter dem Schutz fremder Bajonette heimkehrenden Papst empfing theils büster-brütendes, theils gleichgültig-interesseloses Schweigen. Aus den Hoffnungen der italienischen Patrioten war er für immer ausgethan. Er bezog den Vatican, jenen öfters erwähnten, am Vaticanus-Hügel im äußersten Westen Rom's zur Seite des Petersdomes gelegenen

Riesenpalast, welcher seit dem zehnten Jahrhundert von Papst zu Papst vergrößert und verschönert, allmählich zu einem Koloß von einer guten halben Stunde im Umfang, von 10—11,000 Zimmern und Sälen, zahlreichen Höfen geworden ist und nur allein in seinem vordern dreiflügeligen Wohnbau gegen den Peterplatz Raum für den größten, belebtesten Fürstenhof böte. Unbekümmert um die Stimmung des Volks begann der „rothe Papst" die Restauration und zwar die radicalste, nach dem System des siebenten Gregor. Die früheren Reformen wurden aufgehoben, der oberste geistliche Revisionsgerichtshof mit erweiterten Befugnissen wieder eingesetzt, den Städten die Rechte municipaler Selbstverwaltung wieder entzogen, jede freie Bewegung durch die Erneuerung und grausamste Handhabung der Inquisition, ja der Folter durch den Block (cavaletto) niedergedrückt, zahlreiche Proscriptionen und Hinrichtungen vorgenommen, zahllose Emigrationen dadurch hervorgerufen.[1]) Und nicht nur der Vergangenheit wegen erfolgte Einkerkerung, sondern „per precauzione" d. h. präventiv wurden Menschen massenweise eingezogen, um jahrelang und oft vergeblich auf Spruch oder Loslassung zu harren.[2]) Die große Finanznoth des Staats machte bedeutende Erhöhungen der Steuerlasten nöthig und auch diese wurden verschlungen durch den Aufwand für das päpstliche Heer, für Kirchen und Klöster. Die Austrocknung der pontinischen Sümpfe und manches

---

1) Schmidt-Weißenfels a. a. O. S. 46 spricht von 1600 Hinrichtungen, 9000 polit. Gefangenen. Volpi a. a. O. von 2000 und mehr Emigranten. Letzterer giebt, zum Theil aus eigener Erfahrung, schreiende Details.

2) Volpi a. a. O. S. 50.

andere Ersprießliche, was z. B. für Eisenbahnbauten geschah, konnte gegen jene Mißstände nicht aufkommen, ebensowenig als die alte persönliche Einfachheit des Papstes bei einem im Uebrigen hergebrachter Weise umfänglichen und theuern Hofhalt. Vergebens mahnten sogar Oestreich und Frankreich zu neuen Reformen. Und so hatte der Kirchenstaat das Schicksal in der That wol verdient, das ihn nun mit raschen Schritten ereilte, und zwar aus Anlaß der eigenen Schutz=macht, des Kaisers von Frankreich. Der Krieg von 1859 und die Agitation Garibaldi's brachen Oestreichs Macht und die Einzelthrone vom Po bis nach Palermo. Umsonst suchte Antonelli die auf den Abzug der Oestreicher gefolgte Er=hebung der Provinzen durch die Eroberung von Perugia gräuelvollen Angedenkens zu unterdrücken, wo die päpstlichen Truppen, ein zusammengelaufener Auswurf aus allen Nationen, unter General Schmidt sengten und brannten, mordeten und schändeten gleich Turco's und Baschibozuk's. Die Erbitterung stieg nur; bis Ende Juni war die ganze Romagna befreit. Bereits verlangte die famose Brochüre „der Papst und der Congreß"[1] geradezu die Abgabe der weltlichen Macht von Pius und selbst Napoleon trug in seinem Neujahrschreiben an den Papst[2] wenigstens auf Abtretung der verlorenen Provinzen an. Vergeblich nannte die Allokution vom 1. Jan. 1860 jene Schrift ein Gewebe von Lüge und Heuchelei. Vergeblich sprach dem Kaiser gegenüber die Encyclica (Rundschreiben) vom 19. Januar das berühmte Non possumus aus:

---

1) Von Paris aus 1859 verbreitet, dem La Gueronière zugeschrieben.
2) Vom 31. Dezember 1859.

„Der Papst könne nicht abtreten, was nicht ihm, sondern allen Katholiken gehöre; er würde dadurch seine Würde, sein Recht verletzen, den Aufruhr ermuthigen, die Kirche schädigen". Ob auch der Episcopat aller Länder sich diesem Protest anschloß, alle möglichen Demonstrationen in Bewegung gesetzt wurden — als in der Volksabstimmung vom 26. Dezember 1860 Italiens Volk jubelnd um Victor Emanuel sich geschaart hatte, da war die Frage eine brennende durch ganz Europa, ob und wie lange ein weltliches Papstreich solche freigewollte Einheit einer Nation durchbrechen dürfe. Für Italiens Volk war sie seit lange entschieden. Selbst der niedere Klerus schloß sich massenhaft dieser Ansicht an; der Jesuiten-Priester Passaglia verbreitete sie in glutvollen Schilderungen, wenn er klagt, „wie selbst der Nachfolger Petri Excommunicationen schleudere gegen das nationale Königreich"; sogar in München hielt Döllinger seine berühmten Vorträge über den Kirchenstaat (1861). Politisch aber brachte endlich die Septemberconvention von 1864 ihre principielle, das Jahr 1870 ihre faktische Lösung durch die Besetzung Rom's am 20. September. Denn nur Rom kann und muß ja die Hauptstadt eines einigen Italiens sein. Die Ausführung dieser Besetzung geschah freilich, trotz des nachherigen Plebiscits, nicht in der Form Rechtens. Die Geschichte wird zu entscheiden haben, ob nicht die innere staatsrechtliche Nothwendigkeit der Sache die äußerliche Unrechtmäßigkeit derselben weit aufwiege. Sie darf darauf hinweisen, daß die Gründung oder Vergrößerung auch anderer Staaten nicht ohne Unrecht geschehen, daß der Kirchenstaat selbst nicht blos durch erdichtete oder fromme „Schenkungen zweifelhaften Rechts entstanden ist", daß auch gegen ihn selbst, als weltliches Reich von Alters her durch die treuesten Anhänger der Kirche energisch protestirt worden ist. Und Pius selbst, so oft er im Allgemeinen seither den Fluch über jenen Raub ausschüttete, hat sich doch bedacht, über die Person des glorreichen Königs des jungen Italiens selbst den Bann auszusprechen, hat für seine Person mit Theilnahme sein Leben wie seinen Tod verfolgt und sein Begräbniß (wenn auch in schwacher Nachgiebigkeit davon wieder abstehend) zu ehren beabsichtigt, auch hierin, wie wir glauben, in seinem tiefsten Innern ein Italiener, für den Stolz seiner Nation nicht theilnahmlos. —

Gegenüber dieser äußeren Niederlage und Machtberaubung aber nun errang die innerkirchliche Thätigkeit des Papstes an sich betrachtet um so bedeutendere, wenigstens weltgeschichtlich=folgenschwere Resultate.

Zunächst waren die Zeitverhältnisse auch ganz besonders dazu angethan. Die Regierungen, geängstigt von den Revolutionen, begünstigten die Curie, als die älteste und gewaltigste conservative Macht. Selbst protestantische Kreise, Preußens besonders, katholisirten in diesem Sinne, während die Curie, dieser Unterstützungen froh, doch nebenbei fortfuhr die Revolution zu benützen oder zu machen und „das Feldgeschrei nach Vernichtung des staatlichen Absolutismus klug für den kirchlichen auszubeuten".

Sodann aber war besagte innerkirchliche Thätigkeit auch, wie wir wissen, bei Pius von Anfang an das eigentliche persönliche Element seines Herzens. Man muß daher annehmen, daß er dabei ganz eigenen selbstständigen Impulsen folgte, womit freilich nicht gesagt sein soll, daß er nicht auch hierin frembem, aber gewiß hier ihm völlig überzeugungsmäßigem Einfluß sich hingegeben habe, was, wie oben angedeutet, bei seinem Gewährenlassen der Antonelli'schen Reactions-Politik schwerlich immer der Fall war. Wir meinen den Einfluß der Jesuiten. Früher kein Freund ihrer Politik, wiewol dem Princip ihrer papalistischen Anschauung völlig zugethan, wandte er sich nun ganz zu ihnen zurück und überraschte die Welt und auch einen Theil der katholischen Welt im Winter von 1849 auf 1850 — also noch während seines Exils — von Portici aus mit der einem eigenen Gedanken von ihm entsprungenen Gründung einer neuen Zeitschrift, der Civiltà cattolica, welche zur Exstirpirung der herrschenden Irrthümer über Religion und Politik in den Kampf der modernen Presse eintreten sollte und deren Leitung von Anfang an im Ganzen und Einzelsten den Jesuiten, zunächst dem **Pater Curci**, demselben treuen Diener, den der Orden vor Kurzem ausgestoßen, übertragen ward und übertragen blieb.[1]) Damit war die alte Hauptidee des Ordens auch zum erklärten Hauptziel der Wirksamkeit Pio nono's gemacht: die **absolutistische Centralisirungsidee, die päpstliche Unfehlbarkeit.** Und es ist interessant zu verfolgen, wie die ganze kirchliche Wirksamkeit dieses merkwürdigen Papstes, sein ganzes amtliches Auftreten längst vor dem vaticanischen Concil diesem einen Ziele mit **wachsender Bewußtheit** gewidmet war, so daß jenes Concil nur als der Schlußstein und die

---

1) Witte, über die Civiltà. Würzburger kathol. Wochenbl. 1854. — Von Anfang also offiziös, wurde sie im **März** 1866 noch eigentlich als amtliches Organ sanktionirt.

öffentliche Sanktion eines fertig vorliegenden Gedankens erscheint.¹)

Wir müssen hier nochmals auf die erste Regierungsepoche Pius', zunächst auf seinen **ersten Hirtenbrief**²) zurückgehen. Schon in diesem Actenstück wird der, bereits oben angegebene allgemeine Inhalt mit directer **Selbst-Unfehlbarkeitserklärung** verkündet. Es heißt dort wörtlich:

.... Deus ipse vivam constituit auctoritatem, „quae verum legitimumque coelestis suae revelationis sensum doceret, constabiliret omnesque controversias in rebus fidei et morum in fallibili judicio dirimeret ... Quae quidem viva et infallibilis auctoritas in ea tantum viget ecclesia, quae supra Petrum aedificata suos legitimos semper habet Pontifices sine intermissione ab ipso Petro ducentes originem ... ejusdem etiam doctrinae ... ac potestatis heredes .... ac Petrus per Romanum pontificem loquitur. Idcirco divina eloquia eo plane sensu accipienda, quem tenuit ac tenet haec Romana S. Petri Cathedra." .... „Gott hat eine lebendige, unfehlbare Auctorität in Glaubenssachen aufgestellt; diese kommt den Päpsten als legitimen Nachfolgern des h. Petrus zu ... Petrus ist es, der durch dieselben redet, darum alle Glaubenssachen ganz so aufzufassen sind, wie und in welchem Sinn der römische Stuhl Petri sie auffaßt." Diese Deduktion ist deutlich; aber sofern in dem Hirtenbrief noch nichts absolut Neues verkündet, nur oftmals ver-

---

1) Dies ist neuestens bis in's Einzelste nachgewiesen von **Friedrich**, a. a. O.

2) Vom 8. November 1846. S. oben S. 47 und Acta Pii IX. Rom. 1854. Vol. I.

dammte Irrthümer wiederum verdammt erscheinen, so gleicht sie mehr einer **weiterzielenden Forderung**, einem **Programm**.

Die Ausführung dieses Programms, die Realisirung jener Forderung sehen wir sich in zwei **Stufen** der weiteren Amtsführung des Papstes vollziehen, deren **erste** wir mit dem 8. Dezember 1854, die zweite mit dem 18. Juli 1870 uns abgeschlossen denken können.

1850—1854. — Die rege Thätigkeit vom Vatican aus faßte zunächst zwei Ziele zur Erreichung des Haupt= zwecks in's Auge. Das waren

1) die **Verbreitung** der kathol. Kirche nach Außen in protestantischen Ländern, sowie die **Präponderanz** derselben gegenüber der andern Confession oder dem welt= lichen Regiment selbst in gemischten und katholischen Staaten; nach Innen die möglichste **Unterstützung und Beförderung freier katholischer Vereine**;
2) einerseits, behufs strengster **Centralisation**, die **Ab= hängigmachung des Episkopats** vom päpstl. Stuhl und anderseits die direkte, gleichsam persönliche **Ver= bindung der Gläubigen mit dem heil. Vater** durch die Beisteuer des **Peterspfennings** und andere **Geschenke, Pilgerfahrten und Deputationen von ihrer** —, durch reichliche **Ablässe, Feste, An= sprachen von seiner Seite**

Diese wohlgegliederte Organisation, vom strengsten inneren Zusammenhang der Idee wie der Ausführung zusammen= gehalten, damals begonnen, heute bis in's feinste Detail ausgearbeitet und realisirt, konnte ihres Zweckes nicht ver= fehlen. Die **Propaganda** feierte schon am 29. September

1850 ihren Triumph in England, indem die bisherigen apostolischen Vicariate dort in eine bischöfliche Hierarchie unter Wisemann (dessen gegenwärtiger Nachfolger Manning) umgewandelt wurden, wogegen die Titelbill von 1851 doch nie eigentlich zur Ausführung kommen konnte. Dasselbe geschah (4. März) 1853 in Holland. In Frankreich erfreute sich der Ultramontanismus, wiewol nur als Mittel zum Zweck, der steigenden Gunst des dritten Napoleon, sogar in der Person des fanatischen Preßdictators Veuillot; und in Oestreich hatte schon das Jahr 1848 bedeutende Zugeständnisse des geängsteten jungen Monarchen gebracht, welche nur festgehalten und ausgebeutet zu werden brauchten, um später zum Concordat von 1855 zu führen. In dem zerrissenen übrigen Deutschland aber, wo schon im November 1848 die Würzburger Bischofsversammlung der Staatsgewalt den Krieg erklären konnte, ward durch das preußische Staatsgrundgesetz vom 31. Januar 1851 und die ganze Nachgiebigkeit der Regierung eine Machtbefugniß der Curie geschaffen, welche die Partei nun auch in anderen Staaten anstrebte[1]) und mehr oder weniger errang[2]), ja die Jesuiten durchzogen das ganze Land bis unter die Protestanten hinein (1850 ff.) mit ihren Missionen. Selbst außerhalb Europa's, in Asien und in Centralamerika besonders, setzten sich diese Erfolge des Katholicismus fort (Concordate mit Costa Rica

---

1) Denkschrift der fünf oberrheinischen Bischöfe unter Führung von Ketteler. Februar 1851. — Vicari von Freiburg und der badische Kirchenkampf 1852 ff.

2) Hessen-Darmstadt, Mecklenburg.

unb Guatemala 1852, 1853). Die Erlangung aller dieſer Reſultate nun warb nicht wenig gefördert durch den **Main= zer Piusverein**, welcher im Oktober 1848 conſtituirt, unterm **10. Februar 1849 vom Papſt acceptirt**, von ba an in ſeinen vielfachen Verzweigungen in allen Landen ein Mittelpunkt hierarchiſcher Beſtrebungen und bald eine impoſante Macht zur ſiegreichen Durchführung derſelben geworden iſt.

Aber indem Pius in jenem Sendſchreiben ihn direkt „unter die ausſchließliche Leitung des heiligen Stuhls" ſtellt [1]), hat er die Biſchöfe umgangen und ſich unmittelbar in **Deutſchland** eine Macht neben dem Epiſkopat ge= ſchaffen, was bekanntlich niemals zurückgenommen, von vielen deutſchen Biſchöfen befremdlich aufgenommen [2]), von manchen ſchmerzlich empfunden worden iſt. [3]) Bald erfuhr der **franzöſiſche Epiſkopat** daſſelbe durch die Encyclica vom **21. März 1853**, worin demſelben ſeine Haltung in den dortigen Parteikämpfen vorgeſchrieben, die Unter= ſtützung des fanatiſchen Veuillot angeſonnen, einigen Andersdenkenden eine Rüge ertheilt und damit allen das Letzte einer Selbſtändigkeit entzogen war. [4]) Im Zuſammen= hang ſolcher Praxis war denn auch die **Erneuerung des mittelalterlichen Peterspfenning's**, keineswegs eine blos finanzelle, ſondern auch eine kirchenpolitiſche Spe=

---

1) „Sub ductu hujus Ap. Sedis."
2) Beſonders von denjenigen der **Würzburger Verſamm- lung**, November 1848.
3) Z. B. von **Döllinger**, welcher wegen ſeiner Reden ſpäter in Rom eine Rüge empfing.
4) Text bei **Friedrich**, a. a. O. S. 162 ff.

culation. Die „entschiedenen Katholiken" konnten sich auch durch die kleinste Gabe den heiligen Stuhl näher verbunden und dieser in Erwiderung seiner Ablässe dieselben ganz unter seiner persönlichen Leitung, sub ductu hujus Ap. Sedis fühlen.

Nach dem Allen brauchte Pius nicht anzustehen, von seiner bisher **postulirten** Unfehlbarkeit durch einen agitatorischen Act in der Lehre, durch etwas **eigentlich Neues, ein neues Dogma**, im schroffen Gegensatz zum Widerspruch oder der weisen Unbestimmtheit der alten Kirche und eines heiligen Bernhard und Thomas, — wie eine katholische Stimme selbst sagt — „**den ersten praktischen Gebrauch zu machen**".[1]) Dies geschah am 8. **Dezember 1854** durch die Verkündigung der **unbefleckten Empfängniß Mariä**.

Pius, obwol selbst durchaus kein gelehrter Theologe, hat sich doch mehr als Mancher vor ihm, mit Verdammung und Aufstellung von kirchlichen Lehrsätzen, Dogmen, befaßt.

Wir kennen die anerzogene, durch Lebensführungen, wie seine Heilung von der Krankheit und seine Rettung aus Rom, gesteigerte Vorliebe des Papstes für die Mutter Gottes. Aus diesen ursprünglich **persönlichen** Gefühlen, seinem Lieblings- und Herzenscultus, entsprang im Jahr 1847 der Grundgedanke der Dogmatisirung, demzufolge noch im selben Jahr eine Berathungscommission ernannt und Anfangs 1849 Gutachten von allen Bischöfen eingefordert wurden. Indessen war aber durch die fortbestehende Commission in Rom die Sache schon beschlossen, ehe jene Vota eintrafen —

---

[1]) S. 64 f.

ganz wie später beim vaticanischen Concil. Auch die auf den 20.—24. November 1854 endlich nach Rom berufene Bischofsversammlung konnte nichts mehr an der Sache ändern. Und indem dann Pius, **ohne eine feierliche Abstimmung vornehmen zu lassen,** einfach am 8. Dezember ein Hochamt in der Sixtina hielt, wobei er dem Bild der Maria ein diamantenes Diadem aufsetzte, darauf die berühmte **Bulle Ineffabilis Deus** erließ und erst Tags darauf nachträglich und sehr charakteristisch erkärte, daß dies Alles „in Anwesenheit und unter dem Beifall der Bischöfe" [1]) geschehen sei: so war das eine neue Zurücksetzung und Vergewaltigung der Bischöfe, so war mit diesem Acte die **päpstliche Unfehlbarkeit de facto bereits fertig.** Wie denn im Festprogramm schon der Cardinal Pratrizi selbst die Sache beim rechten Namen, nur noch etwas verblümt, nennt, wenn er sagt [2]): „Der Glaube der Kirche war stets ein und derselbe. Wenn das Oberhaupt derselben ... über irgend einen Punkt **einen Beschluß faßt,** so erklärt er blos den rechten Sinn desselben" ... und so ist unser Zeitalter glücklich zu preisen, „daß von der **unfehlbaren Autorität erklärt wird,** Maria sei unbefleckt empfangen." Dennoch beobachtete Pius hierbei damals schon eine Praxis, die er immer beibehielt und im Jahr 1870 besonders wieder beliebte, nämlich zu der Erklärung sich „auf Wunsch der katholischen Kirche auffordern" zu lassen. Aber wie die Sache ausgelegt wurde, zeigt das

---

1) „Stantibus et plaudentibus (episcopis) pronuntiavimus" etc. Allokution vom 9. Dezember; Acta Pii IX.
2) Bei Friedrich, a. a. O., S. 337. Anm.

merkwürdige Raisonnement der schon oben berührten[1]) Wiener Stimme[2]), welches wir in extenso mitzutheilen nicht unterlassen können. „Es ist dies, heißt es, **eine dem Pontificat Pius' IX. ganz eigenthümliche Handlung**, wie sie kein früheres aufzuweisen hat (allerdings!); denn der Papst hat dieses Dogma **selbstständig und aus eigener Machtvollkommenheit ohne Mitwirkung eines Concils definirt**. Und dies..... schließt gleichzeitig, zwar nicht förmlich aber thatsächlich **eine andere Entscheidung in sich**, nämlich, ob der Papst auch für seine Person in Glaubenssachen unfehlbar sei oder ob er diese Unfehlbarkeit nur in Einstimmung eines Concils anzusprechen habe. Pius IX. hat die Unfehlbarkeit durch den Act vom 8. Dezember 1854 zwar nicht **theoretisch definirt, aber praktisch in Anspruch genommen.**"

Was konnte es, gegenüber solchen Stimmen, den Papst kümmern, daß schon damals die moderne Welt sich ebensowenig um die Sache kümmerte, als später um den Beschluß von 18. Juli 1870, daß sie jenes wie dieses Dogma eben über sich ergehen ließ! Aber auch bedenkliche Oppositionserscheinungen, wie die Ermordung des Erzbischofs Sibour unter dem Ruf: à bas les déesses und der würdige Hirtenbrief der holländischen Bischöfe, sie wurden ebenfalls nicht beachtet. Und ohne Rast ging die Entwicklung des Gedankens, der jetzt sein alles in sich schließender Lebens-

---

1) Oben S. 62.
2) [F. H. Schuhmacher] in „der Papst und die modernen Ideen" Heft 3. „Pius IX. als Papst und König", Wien 1865, im Ganzen ein deutsches Excerpt der öfter genannten Acta Pii.

gedanke war, ihrem consequenten und in der That groß=
artigen Ziele zu und das ganz im umgekehrten Verhältniß
mit dem Erbleichen des Sterns seiner äußeren Macht.

1855—1870. — Nach all' den genannten Erfolgen,
denen sich ein Halbjahr darauf noch das, in seinen Wurzeln
schon erwähnte Concordat mit Oestreich (18. Au=
gust 1855), die Mitregentschaft der Kirche in einem der
ersten Großstaaten, beigesellte, konnte sich Pio nono nur
innerlich gestärkt und erhoben fühlen. Es konnten ihn die
folgenden anderweitigen Niederlagen oder Rückgänge in
Italien besonders, auch in Spanien, Portugal und manchen
deutschen Staaten, keineswegs entmuthigen. Es mußte der
tief in ihm wohnende Glaube an seine Mission sich zur
vollsten Stärke und Durchführungs=Energie erheben, wäre
er auch nicht noch dazu, wie Friedrich, auf interessante
Quellen gestützt, nachzuweisen sucht [1]), in früherer Beziehung
zu zwei, vom römischen Klerus vielbesuchten und vielcon=
sultirten frommen Seherinnen, der Elisabeth Canori=Mora
(† 1825) und der Anna Maria Taigi († 1837) ge=
standen, deren erstere ihn ebenfalls von der Epilepsie
geheilt haben soll, deren letztere er 1855 allerdings aus=
graben und in Maria della Pace beisetzen ließ und welcher
beider Weissagungen auf ihn, als den „heiligen" Papst, der
das Schifflein Petri retten und „der Kirche einen großen
Triumph bereiten werde", ihm jedenfalls oft zugebracht und
von ihm auch gelegentlich erwähnt wurden. Der „große
Triumph der Kirche" war jedenfalls auch sein Höchstes,
war der Inhalt seiner Mission, an die er glaubte, und

---

[1]) A. a. O. 15. Capitel, S. 467 ff.

bestand für ihn nunmehr in nichts Anderem, als in der Erhebung der, de facto bereits praktisch gemachten, Unfehlbarkeit zur erklärten und definirten Infallibilität de jure und damit freilich der Meinung nach in der letzten Zuspitzung des katholischen Hierarchie-Begriffs zu einer weltüberwindenden und staatenbeherrschenden Macht von eiserner Geschlossenheit und Centralisirung.

Solches Bewußtsein seiner Mission suchte man dann von befreundeter Seite stets wach zu erhalten durch einen organisirten Papstcultus, durch den sich Pius, kindlich fromm und schwärmerisch für die Kirche begeistert, wie immer, in seiner Weise voll naiven Selbstgefühls, als durch eine Stimme der Christenheit, erhoben fühlte. Selbst voll Lust an großem geistlichem Feiergepränge gab er durch die solenne Heiligsprechung von 26 japanischen Märtyrern (1862) die Loosung zu jenem großartigen Huldigungsacten gegen ihn selbst, wie wir sie 1867 im Fest Petri und Pauli, 1869 im Fest seines 50jährigen Priesterthums, 1871 und 76 seiner 25- und 30-jährigen Regierung und 1877 seiner 50-jährigen Bischofszeit gesehen haben, der Pilgerzüge, Adressen, Geschenke 2c. nicht zu gedenken. Aber in Reden und Schriften eifriger Parteigänger oder huldigender Prälaten findet man Aeußerungen, die wahrhafte Blasphemieen enthalten, wenn ein deutscher Professor Rom den sichtbaren Christus der Welt nennt[1]); wenn französische Fanatiker den Papst die lebendige, einzige Incarnation

---

1) Womit er doch nur den Papst meinen konnte, Kreuser auf der Generalversammlung des Kath. Vereins zu Linz 1856.

der Autorität Christi und aller geoffenbarten Wahrheit heißen¹) und unter Parallelisirung des Gekreuzigten von Jerusalem und des Gekreuzigten von Rom Beide zugleich **anbetend** ansprechen²); wenn in London ein Pater³) die Andacht zum Papste, als der dritten Gegenwart Christi unter uns, zur Pflicht macht; wenn in der Civiltà gelehrt wird, daß Gott im Papste denke⁴) und derartiges hier und dort auftaucht und Widerhall findet⁵) zum Schrecken der Bessergesinnten, sogar eines Dupanloup.⁶) Und Pius selbst, ohne dem Allen zu steuern, hat doch auch, mit seltsamer Vermischung seiner Menschheit und seines göttlichen Amtes, in einer Ansprache an eine französische Deputation⁷) sich, in all seiner

---

1) Cardinal-Erzbischof Donnet von Bordeaux in einem Gratulationsschreiben an Pius (Weihnachten 1866) und in der Einleitung einer französischen Sammlung von Reden Pius'.

2) Veuillot, Illusion liberale: „I. Christ ... reside dans le pape"; und nach jener Parallele ruft er: „je te crois, je t'adore." Bei Friedrich, a. a. O. S. 502.

3) Faber, von der Andacht zum Papste. Deutsche Uebersetzung Regensburg, Manz 1860: „Der souveräne Papst ist die dritte sichtbare **Gegenwart Christi unter uns**; das Geheimniß seines Vicariats gleicht dem Geheimniß des h. Sacraments, beide Geheimnisse schlingen sich ineinander. Die Andacht zum Papste ist ein wesentlicher Theil der christlichen Frömmigkeit u. s. w."

4) „Quando egli medita è Dio che pensa in lui."

5) Friedrich theilt z. B. folgenden Vers an Pius mit: „Pater pauperum, Dator munerum, Lumen cordium, Emitte coelitus Lucis tuae radium."

6) Dieser warf Veuillot seine und Andern ähnlichen Aeußerungen vor.

7) Correspondenz der Union aus Rom im Observateur catholique 1866, 357: „Seul, malgré mon indignité, je suis le Vicaire de Jésus-Christ, je suis **la voie, la verité e la vie.**"

Unwürdigkeit, **den Weg, die Wahrheit und das Leben** genannt.

Neben solchem, in dieser Art nie dagewesenen und geduldeten Papstcultus, welcher eben auch auf das Volk und dessen **persönliche Verbindung mit dem sichtbaren Christus** besonders wirken mußte, konnten aber auch die übrigen alten, sich auch jetzt gleich bleibenden Ziele (S. 59 f.) um so weniger aus dem Auge verloren werden, als sie eigentlich schon darin lagen.

Der **Episkopat** war mit dem Allen ja schon per se zurückgetreten und wenn je die sonstige persönliche Liebenswürdigkeit des Papstes in leidenschaftlicher unbarmherziger Härte aufflammen konnte, so war es schriftlich oder mündlich der Fall gegen Bischöfe, die sich nicht unbedingt fügen wollten [1]), während er doch wieder manche Heißsporne, die er sich gezogen, zurückhalten zu müssen klagte. [2]) Was die **Ausbreitung** der kath. Kirche in dieser Epoche betrifft, so machte sie in **China**, besonders aber in **Nordamerika**, die günstigsten Fortschritte, wo Metropole um Metropole gegründet werden konnte. [3]) Und, wenn das zur Ausbreitung der Kirche gehört, so war der Raub des Judenknaben Mortara in Bologna, unter dem Vorgeben, daß er früher von seiner Wärterin getauft worden sei und die Nichtherausgabe desselben trotz höchster und allerhöchster, diplomatischer

---

1) Z. B. Darboy von Paris, Cardinal d'Andrea von Neapel, der Patriarch von Chaldäa ꝛc. Vgl. Friedrich, Tagebuch vom vaticanischen Concil S. 142 f.

2) Gegen den württembergischen Consul Kolb. Vgl. „Aus den Papieren eines Diplomaten. Schaffhausen 1865.

3) Im Ganzen unter Pius bis jetzt zehn.

und perſönlicher Verwendungen, ein Beweis, was die kath. Kirche wagen und was das ſonſt ſo reine und ſtrenge Gewiſſen des Papſtes im Bewußtſein ſeiner Miſſion vertragen konnte (1858, Juli). Gegen die Rückgänge, Concordatsaufhebungen und liberalen Siege in andern Ländern, glücklicher Weiſe auch in unſerem Württemberg (1857), ward wenigſtens durch die Allokution vom 28. Sept. 1860 und die Encyklica mit dem Syllabus (Regiſter) von 80 Irrthümern vom 8. Dezbr. 1864[1]) — einem Werk der Jeſuiten und in ihrem Profeß-Kloſter Gesù unter dem General Betz zuſammengeſtellt — energiſch proteſtirt, worin Pius nur noch extenſiver, als in ſeinem erſten Hirtenbrief 1846, der ganzen modernen Entwicklung, als unverſöhnlich mit der Omnipotenz der Kirche, den Krieg erklärt.

Zwei Tage vorher und offenbar nicht ohne inneren Zuſammenhang damit war es, daß Pius in einer Sitzung der Riten-Congregation den Carbinälen die erſte Eröffnung ſeines Concil-Planes als eines langgehegten Wunſches machte. Wie lange derſelbe ſchon ihm überhaupt vorſchwebte, iſt unbeſtimmbar, aber auch unweſentlich. Trotz der offiziellen allgemeinen Erklärungen deſſelben als auf Findung „eines außerordentlichen Mittels gegen die außerordentliche Nothlage der Kirche abzielend"[2]), wurzelte doch ſein ganz beſtimmter Grundgedanke ſchon im Syſteme Pius', mußte

---

1) Text (aus d. Acta Pii) abgedruckt übertragen und geprieſen in „d. Papſt u. die modernen Ideen", Heft 2 (v. Pater Schraber.) Vgl. dagg. Froſchammer, Beleuchtung des päpſtl. Syllabus ꝛc., Leipzig 1870.

2) Cecconni, storia del Concilio œcum. Vat. Manning, d. wahre Geſch. d. Concils im Sonntagsbl. der Germania 1877.

sich sein ganz bestimmter Zweck vollends seit 1854 immer
klarer herausbilden, wie wir ihn schon dort definirt haben,
wie wir ihn auch andern Orts verrathen sehen[1]): „Dogma=
tisirung der Unfehlbarkeit und der Wahrheiten des Syllabus"
— des Syllabus, der doch schon mit unfehlbarem Ton verkündet
war! — also wieder nachträgliche Sanktionirung einer schon
bestehenden Sache, wie sie nun nach allem Vorangehenden
möglich erscheinen durfte. So hat auch Pius selbst einmal
auf die Frage: ob er das Dogma der Unfehlbarkeit für
opportun halte, geantwortet: nein, aber für nothwendig.[2])

In diesem Sinn ward das Concil denn in aller Stille
eingeleitet und auf 1869 und zwar beziehungsvoll wieder
auf den 8. Dezember ausgeschrieben durch die Bulle Patris
unigenitus vom 29. Juni 1868. In diesem Sinn sahen
wir es in Scene gehen und durch den 18. Juli 1870 und
die Bulle Pastor aeternus zum Ziel kommen. Und unter theils
gefügigem, theils widerstrebendem, endlich erzwungenem[3])
Ja von 533 Bischöfen und dem muthigen Nein von nur
zweien[4]), ward die Voll=Verschlingung jeder episkopalen
Selbständigkeit durch die Allmacht eines Einzigen und die

---

1) Z. B. in der Civilta Febr. 1869. Ebenso Perrone:
„Alle Dispositionen waren im Voraus getroffen und nichts fehlte
mehr."

2) Hase, Polemik. 3. Auflage. S. 180. Vergl. auch Lord
Acton, zur Gesch. des vatican. Concils. München 1871.

3) Deputation von sechs hochkatholischen Bischöfen
am 15. Juli, Abends. Sie beschwor den Papst, abzulassen von
dem Schritt, der stolze Bischof von Mainz, so erzählen Augenzeugen,
warf sich auf die Knie, Pius schien zu wanken, wurde aber wieder
umgestimmt.

4) Nach Hase: Riccio von Cajazzo und Fitz=Gerald von Little Rock.

ihm selbst tief überzeugungsmäßige welthistorische Mission dieses Einzigen besiegelt. —

Damit hatte Pius in seiner Regierung den verhängnißvollen Höhepunkt erklommen und ihrem Grundgedanken nach auch einen Abschluß erreicht, **über den nicht mehr hinauszugehen war.** Als einer der größten **Revolutionäre**, die es je gab, hat er versucht und immer wieder versucht, die Gefüge menschlicher Gesellschafts- und Staatsformen auseinander zu sprengen, die nationalen Bande der Völker und Kirchen zu zerreißen, das Denken aber des modernen Geistes, dem Uhrzeiger gleich, um Jahrhunderte zurückzudatiren, die moderne Welt auf den Kopf zu stellen. Und als einer der größten **Absolutisten**, die jemals auf einem Throne saßen, strebte er alle Herzen unter der Sonne, alle Meinungen in der Christenheit seiner persönlichen Anschauung unterzuordnen, hat Tausende in ihrer Verzweiflung ihre Seele und Ueberzeugung gekostet und jedwede Eigenthümlichkeit der Nationalkirchen, selbst die einer eigenen Liturgie, mit eiserner Hand zermalmt. Ein willensbewußter und stets **überzeugungstreuer** Charakter, ist er doch das nachgiebige Werkzeug einer klugen, herrschsüchtigen Partei gewesen. Er ist in Einzelnem vielleicht weiter gedrängt worden, als er wollte, im Ganzen und Großen gewiß freiwillig soweit gegangen und doch trennt ihn ein tiefgehender Unterschied von jener Gesellschaft, welcher unreine Herrschsucht ist, was ihm reiner schwärmerischer Traum war von der Wiederherstellung der Kirche Christi und der Rettung der Menschheit. Ein tief **frommes**, wahrhaft religiöses Gemüth widmete er all sein Streben in seinem Sinn nur der Conservirung und Verbreitung der Segnungen wahrer

Religion, sowie der Befestigung der Kirche; und doch hat er mit seinem System mehr zur inneren Entfremdung selbst der Confessionsgenossen von der Kirche, zum Streben nach Unabhängigkeit des Staates, der Familie und der Schule von derselben beigetragen und hat den berechtigten liberalen wie den libertinistischen Ideen des Jahrhunderts, der Feindschaft gegen das Christenthum selbst, der inconservativen Lösung altehrwürdiger Bande, ja dem Voltairianismus, der immer das Gefolge des Jesuitismus ist, mehr vorgearbeitet, als irgend einer ihrer Propheten in diesem Jahrhundert. Die Kirche glaubte er zu Macht und Ehre zu führen und hat sie an den Abgrund unlöslicher Verwicklungen gebracht. Den Papstthron zierte er mit Menschen= und Fürstentugenden, wie wenige vor ihm und er hat ihn doch schwerer discreditirt in den Augen der Zeitgenossen, als viele. Weder an Geistesmacht und Genialität noch an harter Unbeugsamkeit und eherner Consequenz der Gedanken mit den großen Päpsten des Mittelalters, einem Gregor VII. oder Innozenz III., zu vergleichen, ist er doch Fürsten und Königen schrecklich gewesen wie sie, und hat Welt und Kirche noch tiefer aufgewühlt, als Jene. Der Umschwung der Zeiten, in die sein Wirken fiel, verhängte es über ihn, in tragischem Widerspruch des Geschicks den unwiderbringlichen Verlust seiner königlichen Macht und das zweifelhafte Schicksal seiner kirchenväterlichen Bestrebungen selbst zu überleben; und doch hat er „die ganze Tragik dieses Geschicks schwerlich in ihrer vollen Bitterkeit empfunden" und sich in fromm=inniger Glaubensergebenheit bis ans Ende gefühlt als das heilige, von Tausenden verehrte, gottbeschützte Oberhaupt der einen, alleinseligmachenden Kirche.

Die Jahre 1870—1878 sahen wir Pius in tiefster Zurückgezogenheit seines „Gefängnisses", mit Verachtung der vom Staat gebotenen Civilliste, des freiwilligen Gabensegens der Gläubigen sich erfreuend, in alter Einfachheit seiner Lebensgewohnheiten den Ueberfluß desselben verspendend, in Wahrung seines Lebenswerkes protestirend mit zürnenden Allokutionen[1]) gegen die unaufhaltsame Umdrehung des Rades der Weltgeschichte und durch Cardinalsernennungen und Konsistorien auf das künftige Conclave vorsorgend, auch wieder friedlich beschäftigt mit Mehrung der Hierarchie in England und Nordamerika, mit Pilgerempfängen und unermüdlichen Anreden trotz körperlichen Leidens.

Auch noch einer, durch seine ganze Regierung geübten, friedlichen und einer in vieler Beziehung höchst dankenswerthen Thätigkeit ist hier der Ort schließlich Erwähnung zu thun: seiner **Bauthätigkeit und Bemühung für die Erhaltung alter Kunstwerke**. Der Porta Pia, des Ponte Molle vor Porta del Popolo, die er erbaute, der Erweiterung des Platzes vor dem Quirinal und der Engelsburg und anderer Unternehmungen zur Verschönerung Roms, der neuen Theile im Vatican, die er ausführen ließ, nicht zu gedenken, so erhielten durch ihn eine ganze Reihe alter **Basiliken** ihre, freilich oft leider modern-glanzvolle und nicht stilgemäße Restauration, besonders **S. Agnese, S. Maria Maggiore, S. Lorenzo**, das er sich zur Grabkirche erkor und die 1823 abgebrannte Königin der Basiliken, S. Paolo fuori le mure. Den neuen Aufschwung

---

1) So bes. Allokution vom 13. März 1877 u. a. Vergl. auch den Brief an Kaiser Wilhelm vom 7. August 1873.

der Katakomben-Forschung durch Rossi verdankt man seiner Unterstützung, ebenso die Aufdeckung der Unterkirche von S. Clemente, Ausgrabungen auf dem Palatin und der appischen Straße im Wetteifer mit Napoleon III. Das Lateran-Museum hat er bereichert, die unvergleichlichen vaticanischen Sammlungen sorgfältig erhalten und splendid geöffnet, der dortigen Gemäldegallerie eine definitive treffliche Aufstellung gegeben [1]) und vielfache Vermehrung zukommen lassen.

Manche dieser seiner Lieblingsschöpfungen außerhalb des Vatican hat er noch gar nicht in der Vollendung erblickt oder doch nicht mehr wiedergesehen, seit er nunmehr fast 8 volle Jahre den Fuß nicht mehr über die Grenze der Gärten der Residenz hinaus gesetzt hat. Und wer die Lage des einsamen Vatican, sonnig-heiß, niedrig, in der feuchten Flußnähe, bedenkt; wer einmal von Rafaels Loggien daselbst hinübergeschaut hat, wo im Abendsonnengold die duftigen Albanerberge herwinken, darauf das köstliche Schloß Gandolfo am Bergsee, einst Pius' alljährlicher Lieblingssitz; wer weiß, wie im Sommer, was nur irgend kann, aus dem giftigen Stadtklima hinausflüchtet — der wird das so seltsame Vornehmen des Greisen doch wieder als eine wirkliche und schwerwiegende Entsagung achten müssen, all jene Herrlichkeit missen, auch dem dringendsten Rath der Aerzte gegenüber auf jene balsamische Luft verzichten und an seiner jetzigen Stätte bleiben und sterben zu wollen.

Und so ist es denn auch geschehen, schneller als man

---

[1]) Im dritten Stock gegen den Belvedere-Hof nach viermaligem früherem Ortswechsel.

gedacht. Die seit Jahren immer wieder auftauchenden und immer wieder als nichtig erwiesenen Gerüchte von seiner töbtlichen Erkrankung ließen den mehr als 86jährigen Greis zuletzt, trotz seiner thatsächlichen langjährigen Wasser= suchtsbeschwerden, als wie im Besitz einer nie zu brechenden Lebenskraft erscheinen. Noch sah er den rüstigen, im Stillen doch geliebten Victor Emanuel, den er nur den Fra (Bruder) Emanuele nannte, am 9. Januar des eben begonnenen Jahres 1878 vor ihm in's Grab steigen. Noch hielt er bis zum Anfang des folgenden Monats, freilich nicht mehr in seinen Gärten oder im Lieblingsraum der Privat=Biblio= thek, sondern in die Krankenstube gefesselt, seine gewohnten Sitzungen, Besprechungen und Audienzen, im Lehnsessel halb liegend, ein matter lebensmüder Greis und doch in der schneeweißen Soutane und den Purpurpantoffeln mit dem Kreuz, mit dem freundlichen Ausdruck auf den eblen Zügen, immer noch eine schöne, ehrwürdige Erscheinung, wie er früher eine königlich=majestätische gewesen war. Am Abend des 6. Februar[1]) schickte er mit der ihm bis zum Ende eigenen heiteren Jovialität seinen besuchenden Leibarzt Ceccarelli heiter zu Bette. Doch nach wenigen Stunden stand es ernst genug, um ihn wieder zu wecken. Das bisher immer noch ferngebliebene Zehrfieber war endlich eingetreten. Am Morgen des 7. gegen 4 Uhr sagte er ruhig: sono finito, es geht zu Ende mit mir. Der Puls wurde schwächer; der Hauscaplan Marinelli reichte ihm um 9 Uhr die Sterbe= sacramente, eine halbe Stunde später die letzte Oelung. Er sprach nichts mehr, aber sein Geist blieb unbewölkt und

---

1) Offizieller Bericht des Osservatore Romano vom Morgen des 8. Februar 1878.

heiter. Um 12 Uhr ergriff er noch das Kreuz unter seinem Kopfkissen, um die — soweit in Rom befindlich — vollzählig um sein Bett versammelten Cardinäle zu segnen, während die Sterbelitanei verlesen wird. Er suchte mühsam noch einzustimmen in die Worte „mit deiner heiligen Hilfe". Um 3 Uhr schlossen sich die Augen. Fast ein Viertel vor 6 Uhr Abends war Alles vorüber.

Es war der 251. Papst, 86 Jahr und fast 9 Monate alt und machte durch eine 32½ jährige nie dagewesene Regierungszeit die alte Weissagung, daß Niemand die 25 Jahre des Petrus überschreiten solle, zu Schanden.

Die Nachricht durchflog die Welt. Aber es war nicht mehr die Weltbewegung wie früher, welche sie hervorbrachte. In Rom besonders, wie anders! Früher war die „Sedisvacanz" ein Anlaß größter Ausgelassenheit und gröbster Ausschreitungen, aber auch mächtiger Erregung der Geister. Heute eine stille, würdige Trauer. Die meisten Läden zugeschlossen, nur die Trödler mit Heiligenbildern, Kreuzen, Piusmedaillen in der Nähe des Vatican trieben lustig ihren Handel fort. Auch das Leichenbegängniß in der sixtinischen Capelle nach mehrtägiger Ausstellung des Einbalsamirten fand ohne öffentlichen Pomp, in Anbetracht der neuen Lage der Dinge, statt.

Im Testament des todten Papstes, dessen Antlitz noch lächelnd, wie im Leben, gewesen sein soll, fand man keine besonderen Verordnungen; aber ein Legat von 300,000 fr. für die Armen Roms hatte er nicht versäumt, — ein freigebiger Wohlthäter bis zum Tode!

Für seine bereinstige definitive Beisetzung in dem Kirchlein S. Lorenzo vor dem Thor gegen Tivoli hat er selbst die Worte bestimmt: „Qui giace Pio IX, Pontifice massimo, nato il 13. maggio 1792, morto (il 7. Febbr. 1878). Pregate per lui." „Hier liegt Papst Pius IX.; betet für ihn."

Aber in höherem Maaße, als diese bescheidene Grabschrift es andeutet, wird sein Andenken unauflöslich verknüpft bleiben mit der Geschichte der großen Kämpfe unserer Tage.